TRILOGIA TIETÊ

**Se os homens são a História,
os rios, não raro,
são a trajetória dela...**

**600 páginas escritas por
Renato Ignácio da Silva,
sobre a região do Alto Tietê.
Divididas em três livros:
"Histórias que não contei",
"Vida e reviver"
e "Encruzilhada".**

HISTÓRIAS QUE NÃO CONTEI

R.I.SILVA

Membro da Academia Paulistana da História e Ordem Nacional dos Bandeirantes.

Editoração gráfica: Eduardo Silva.

Localização: Ao viajar pela Rodovia Ayrton Senna, em São Paulo, exatamente no quilômetro 40, Itaquaquecetuba, você passa por um marco assinalando uma das divisas do Globo Terrestre, o Trópico de Capricórnio. Se caminhar sobre essa linha, sempre em direção ao sol nascente (Leste), passará pela Namíbia, Zimbabwe, Botswana, Madagascar, Austrália, região do Atacama (Chile), do Chaco (Paraguai), chegará ao Brasil pelo Paraná e, após alguns milhares de quilômetros, voltará a mesma Itaquaquecetuba, cidade a 33 quilômetros do Marco Zero da Praça da Sé, na capital paulista.

HISTÓRIAS QUE NÃO CONTEI

Edição:
Renig-Editora e Assessoria Publicitária.
Distribuição:
Catavento Distribuidora de Livros.
Rua Conselheiro Ramalho, 928. - Cep. 01325-000 - São Paulo - SP. - Caixa Postal 594. - Fone: (011) 289-0811. Fax: (011) 251-3756. E-mail: catavento@uol.com.br

Site:www.cataventodistribuidora.com.br

Autor: rigsil@ig.com.br - Editora: renig.edi@ig.com.br

Capa e fotos internas, feitas pelo autor do livro.

O "Casarão", na estrada do Mandi, Itaquaquecetuba-S.P. Levantada em 1600, servindo de moradia aos jesuítas, de onde saiam para catequisar os nativos. Anos mais tarde transformada em pousada de bandeirantes que percorriam o enorme Brasil. Além de utilizado como abrigo de tropeiros, de passagem para Minas Gerais. Construção da obra seiscentista: paredes de taipa. Vigamento com travas de madeira encaixadas (não usavam pregos) e enormes fechaduras nas portas ricamente trabalhadas. Conhecida também como "Casa Grande Velha". Forte e altiva. Imponente e de pé. Resistindo até hoje, apesar do desprezo e abandono...

O AUTOR E A OBRA

Tanto "Histórias que não contei" como "Vida e Reviver", são livros cujas histórias se passam em Itaquaquecetuba, Estado de São Paulo. Evocando a memória — de um passado magnífico e tranquilo — porém em formas diferentes no expor os textos. Um, trabalho literário no estilo irreverente, narrando passagens mais recentes, outro, de maneira sóbria, relatando fatos históricos distantes. Apresentando em ambos, retratos tão vivos quanto possíveis, da terra e da gente itaquaquecetubense.

O Autor, Renato Ignácio da Silva, conhece bem o ofício de escrever, faz parte dos melhores escritores regionalistas do Brasil. Estudioso e ótimo observador das coisas da nossa terra, dos costumes urbanos e rurais, espelhando-se na realidade, num eficiente registro de cenas pitorescas, tipos e paisagens, documenta a vida.

Nunca o regionalismo foi mais oportuno em nosso País quanto agora, com a efervescência popular na insistente procura de terras. Porém, com lavradores aos gritos erguendo nos braços foices e facões ameaçadores, nas imagens exibidas hoje, jamais terão a vida alegre e pacífica de outrora, conforme mostram estas 40 histórias.

Como encontrando pétalas ressequidas marcando páginas de recordações, mais uma vez, o talentoso escritor paulista foi feliz em descrever, no seu estilo claro, apurado e marcante, a paisagem calma, o sem-pressa de seus habitantes. Com o mesmo virtuosismo da criatividade já fartamente revelada em outros trabalhos literários e fina ironia, a nos apresentar curiosas revelações, mostra com temperos de verve e humor, uma perspectiva nova na apreciação do passado.

Possuindo raro talento narrativo e dominando a técnica do enredo curto, cruza ruas, envereda por esquinas urbanas da velha São Paulo. Percorre estradas antigas da Capela, Itaquaquecetuba, ou simplesmente Itaquá, comumente hoje chamada, ao delinear retratos cômicos. Atravessa praças festivas, invade roças revelando um personagem caipira irônico, esperto, boêmio, de gênio alegre e folgazão a atazanar dois companheiros portadores de suave ingenuidade. Muito à feição de nossa gente interiorana com suas histórias engraçadas, seus usos e costumes. Folclore, lendas, crendices, superstições...

Cenas e episódios reais, dos bons tempos, que mesclando magistralmente, o Autor transplanta-os para o terreno da fantasia, tornando a obra atraente. Com exposição romanceada dos fatos e através de linguagem simples e elegante, accessível a todos, agrada, prende a atenção e estimula a leitura. O experiente Autor, dono de fértil imaginação, além de bom-humor, movimenta com muita propriedade nas páginas deste "Histórias que não contei", a gente simples, os tipos originais das nossas populações rurais. Com suas aventuras e bravatas. E ao citar os bucólicos cenários no inicío dos episódios, nos transporta como num sonho, rápido, de "mala e cúia" para um passado destruído pelo progresso, que hoje vemos quanto era belo, embelezando ainda mais a obra.

Renato Ignácio da Silva, excepcional contador de histórias, narrador seguro que descreve com nitidez e vigor interessantes situações do cotidiano, recebeu o título de cidadão itaquaquecetubense, em reconhecimento aos seus relevantes serviços prestados ao município. Ficcionista, atuante também na área de não-ficção, escreveu trinta livros, entre romances, novelas, contos, crônicas, reportagens, poesias, biografias e **short-story**.

Do mesmo Autor: "Amazônia, paraíso e inferno!", "Grunas", "Natureza morta. História viva", "Xarana. Viagem ao desconhecido", "Capitão Piranha", "Madeira-Mamoré-Martírios. Caminhos da ilusão", "Alma verde", "Cascalhos da promessa. Aventuras no garimpo do mal", "O semeador de acontecidos", "Xerifes & Coronéis", "Selva assombrada", "Pantanal silencioso. — Esplendor e agonia do último mundo verde", "As lágrimas da serpente", "Ira santa", "No espaço não estamos sós...", "Amazônia sem mistério", 'Vida e Reviver", "O regresso do cramulhão", "Anjos de aço", "A Guerra dos Espíritos", "O grito da selva" e "Vozes das águas".

"Histórias que não contei", pétalas de antigas e outras menos, é toda uma narração alegre. Com certeza você vai gostar. Divirta-se...

Renig- Editora e Assessoria Publicitária.

Este trabalho literário
é homenagem a todos aqueles
que cruzando nosso caminho,
deixaram o rastro luminoso
de sua alegria.
E dedicado aos meus 14 tios
itaquaquecetubenses:
Joaquim, Dedé, Jaime,
Toninho, Lilíca, Nabor, Dato,
Júlio, Oscar, Neco, João, Juca,
Bastiãozinho e
Albano Ferreira dos Santos.
De quem sempre ouvi histórias.
Pessoas queridas, que fizeram
este livro infinitamente melhor
do que eu sozinho
jamais teria conseguido.

SUMÁRIO

HISTÓRIAS QUE NÃO CONTEI

R.I.SILVA

PREFÁCIO

Quando eu havia terminado de escrever o livro "Vida e Reviver", sobre quatro séculos de Itaquaquecetuba, recebi uma página do semanário "O Arauto", de Mogi das Cruzes. Datada do distante 1929, ocasião em que havia sido realizado um concurso de "Miss Itaquá", onde várias pessoas de conhecidas famílias locais participaram. Achei o evento interessante e resolvi — a partir desse baile — escrever mais um livro sobre histórias passadas na cidade, rememorando tradições, revivendo fatos. Uma sátira sobre a vida roceira antiga, acrescida de parábolas atuais, retratando a alma cabocla...

E também porque no outro trabalho literário, devido ao andamento na trama da narração, havia um espaço proposital de uns setenta anos. Intervalo que foi mais ou menos de fins da década de 20 a de 90. Portanto neste "Histórias que não contei" introduzi notícias do passado da cidade, movimentos populares, datas festivas, como emancipação do município etc., preenchendo esse período de grande massa de imigrantes e não citadas em "Vida e Reviver".

Portugueses e espanhóis foram os primeiros estrangeiros que chegaram quando ainda era aldeia de Taquaquecetuba, depois Itaquaquecetuba ou Capela. Há muito. Os pioneiros. E com o passar dos anos misturaram-se com descendentes de escravos africanos e nativos, bugres remanescentes da tribo guaianá. Vieram os italianos em fins de 1800 e início de 1900, juntando-se quase na divisa com Poá. Tempo dos agricultores Fuga, Tugnoli, Spinelli e outros. Franceses e norte-americanos em 1926, como Toutein e Towsend, preferindo a estrada do Mandi. Os japoneses montaram sua colônia no bairro do Corredor e adjacências, com a chegada em 1935 da família Matsimura, em 1940 vieram Yoshimura, Miiazaki, Sedoguti, Shinoda. Dedicando-se a granjas simplesmente, criação de peixes coloridos ou plantas exóticas para ornamentações.

Nesse ano chegaram novos italianos, mas não mais lavradores ou oleiros, já industriais. Empresários, engravatados. Como João Vagnoti, fabricante no ramo de artefatos para fiação e tecelagem e Ítalo Adami, com fiação, tecelagem e acabamento de tecidos.

Época em que na praça do centro, no "jardim", como chamavam e proximidades, havia uma só padaria, a do russo Gregório Sussur, a loja do Elias Turco e um único "armazem de secos e molhados", instalado, pertencente a Eugênio Vitório Deliberato. No fim da "Ladeira da Ponte", o "estabelecimento comercial" do Carlos Barbosa da Silva, mais para a frente alguns poucos quilômetros a "venda" do João Barbosa de Moraes. E próximo da estação o português Joaquim Gonçalves Ferreira da Silva, mantinha funcionando seu "armarinho com amplo sortimento de gêneros alimentícios, louças, ferragens e miudezas". Anos depois os primeiros mineiros instalando-se na Vila Maria Augusta (antigo bairro da Ponte Velha) e finalmente os nordestinos, por toda parte...

As pessoas, famílias de pioneiros, lutadores que fizeram o progresso da cidade, aqui citadas, são História. Os quatro personagens: o pescador Nário do Samburá, a japonesa Tóki, o bugre Samexuga, o espanhol Filogônio Ocho Rios e seus familiares, apenas estória. Não se faz um livro só com fatos, é preciso molho.

O Autor.

O BANDEIRANTE

O dia de luz dourada e ar puro, derramava do céu sereno e azul, todo um bem estar. Uma tranquilidade que só podia ser daquele tempo, num capão de mata ainda virgem servido por córrego de água pura. Papa-capins ciscavam pelo terreiro. Outros passarinhos cantavam nos galhos gigantescos do jataizeiro e por sobre as folhas tenras das bananeiras nos quintais dos bairros de São Paulo...

No ano de 1886, a deusa do teatro mundial, Sarah Bernhardt, chegou na terra do café e foi levada em cortejo triunfal até o Grande Hotel, no centro da cidade.

Trazida pela presença de imigrantes que mudava o perfil da cidade. Até a virada do século, o total de estrangeiros no Estado chegou perto de um 1 milhão. Em 1895, os estrangeiros eram maioria na cidade: dos 130 mil habitantes registrados, 71 mil eram imigrantes, 59 mil brasileiros natos.

Quando chegavam os Matarazzo, Crespi, Gamba, Martinelli, Siciliano, Falchi. Os árabes, Jafet, Calfat, os alemães Muller, Lutz, os judeus Klabin, Weiszflog os portugueses Pereira Ignácio e outros.

Como o número de imigrantes ultrapassou as necessidades da lavoura no interior, o excedente foi parar nas fábricas. O Ramenzoni dos chapéus e o Scarpa dos tecidos, começaram como operários. Porém, nem todos os imigrantes eram camponeses e pobres. Giovani Bricola (da rua João Brícola) por exemplo, primeiro imigrante a tornar-se rico, chegou jornalista e engenheiro. Ficou milionário como agente do Banco de Nápoles...

Em São Paulo, depois da escravidão e do Império, na década de 1890, todos queriam enriquecer rapidamente. Fazendeiros deixaram de ter apenas um patrimônio, passaram a ter capital. Se antes dirigiam a parte comercial do seu trabalho de longe, tornaram-se financistas, importadores, metendo-se em atividades imobiliárias, bancárias. Com as oportunidades da sociedade em movimento, imigrantes deixavam de ser empregados, tornando-se patrões.

Em 1891 já se podia andar pela avenida Paulista, inaugurada em 1892. Aberta por um particular, o uruguaio Joaquim Eugênio de Lima, que vendeu os lotes aos novos milionários. E até hoje, a importante via de acesso paulistana é um marco do poder enconômico...

No centro de São Paulo, no início do século, no rodar das carruagens pelas ruas de São João, ou a cavalo pelas ruas D. José de Barros e 24 de Maio, acompanhando carroças transitando, rodando sobre aros de ferro fazendo enorme barulho, era comum haver nas portas das barbearias o distintivo da profissão: um pratinho amarelo, de latão, em forma de lua em crescente. Tinha-se a certeza, ao divisá-lo, que ali um barbeiro escanhoaria o rosto de alguém.

Ponto obrigatório onde todos os dias passava para fazer a barba, Nário Ildélio Aquilino. De família pertencente a vários troncos tradicionais paulistas, dizia descender desde 1700, do bandeirante Fernão Dias Paes, avô de Manuel da Borba Gato. De onde levou dos amigos, o apelido de "Bandeirante"...

Vizinho a barbearia, a oficina de amolador de facas e tesouras. A botica de perfumes e remédios. A chapelaria, a loja de colarinhos altos e duros, "roupas brancas para cavalheiros", uma ou outra quitanda. Terminando por pequena porta de modesto sapateiro, que a dividia com um armeiro e outro inquilino tendo a vista esquerda entalada numa lente examinando o maquinismo de um relógio. Todos dentro de humilde cômodo, de reduzido espaço, servidos por duas cadeiras, um arremedo de poltrona.

Somente nas badaladas das oito horas dadas pelo sino da igreja de Santa Efigênia, é que os comerciantes apressavam-se em fechar as portas dos seus "estabelecimentos comerciais". Todos saindo por ruas mal iluminadas pela luz mortiça dos bicos de gás. Nelas, nenhum homem com a cabeça descoberta e as mulheres portavam enormes chapéus...

O café, o armarinho, a casa de ferragens, o mercadinho. A cantina onde se viam dependurados pelo teto, salames, mortadelas, queijos, nos balcões azeitonas e vinhos importados da itália. O cassino, que explorava o gênero "Café-Concerto", de companhias líricas e de operetas. O rinque de patinação não podia faltar no centro de São Paulo, frequentado por grande parte das "damas alegres", das "pensões", ou "casas de diversão". Prostíbulos da época, geralmente comandadas por francesas, espanholas, italianas. Onde as "pensionistas" divertiam grupos de rapazes e velhotes assanhados que lá passavam grande parte da noite em "alegres patuscadas"...

Largo do Paissandu despido de calçamento. De terra firme era o seu piso, que depois das chuvas, formava grande lamaçal. Secando, grossos torrões de terras se desfazendo com o vento que soprava, cobria de pó as casas que alinhadas do lado esquerdo. A igreja ainda não fôra erguida. Sem qualquer embelezamento, era um dos pontos de carruagens de praça. Durante a noite, os cocheiros que estacionavam ali seus veículos, em grande algazarra permaneciam a espera de empunhar as rédeas.

Onde surgia com maior destaque, o sobrado de Nário Ildélio Aquilino. Conservando a cor vermelha dos tijolos enfeitada de branca argamassa. Cercado por grades e um portão de ferro. No jardim em frente a soberba construção, uma exposição de cravos, rosas-brancas, lírios, jasmins, angélicas, violetas, camélias, protegidos por grandes troncos de guapuruvus e duas enormes paineiras. Cujas copas floridas faziam sobressair do verde-escuro das folhas, os róseos esmaecidos de suas delicadas flores.

Dentro, grandes cortinas quase fechadas permitiam pouco iluminar a sala, exibindo vasos de cristal com flores, quadros e grandes espelhos pelas paredes. No ambiente de atmosfera saturada por fumo de charuto, espirais subiam para o teto, a bailar, se dissipando em arabescos caprichosos. Sobre a mesa guarnecida por toalhas de linho, apareciam roxas nódoas de vinho e de pé um cálice com licor francês.

O morador, tirou o elegante jaquetão, arremessou longe o chapéu côco e sentou-se na confortável poltrona. Descalçou as botas, espreguiçou-se, e apanhou exemplares do "O Estado", "Comércio de São Paulo" e "Correio Paulistano", trazendo notícias sobre Antonio Prado, Júlio de Mesquita, Asdrubal do Nascimento, Washington Luiz, Firmiano Pinto, Lacerda Franco, Albuquerque Lins...

Nário Ildélio Aquilino, o "Bandeirante", havia nascido na velha Ladeira do Acu (queria dizer água venenosa, em tupi) início da rua de São João (avenida São João, de hoje), trecho que nos dias de chuva, sem o festival de fanfarra das cigarras, perdia o nome. Os tropeiros da época chamavam de "Morro do Sabão" e "Morro do Quebra-Cangalhas", onde um corredor de casas modestas, outras de melhores aparências, terminava na coaxada de sapos, do Largo do Paissandu...

Nascido em berço de ouro, quando jovem bem de vida (dizia ser amigos de todas as pessoas importantes e influentes de São Paulo), acabou consumindo sua fortuna.

Inicialmente gastando muito pelas brumosas noites paulistanas, na companhia de mulheres francesas, nos prédios térreos com espaçosas janelas sempre floridas por insinuantes figuras femininas. Na esquina da rua São

João com a Ipiranga. Ou da Líbero Badaró, onde por meio de acenos francesas de "reputação suspeita e aspecto apreciável" (conforme comentários da época) convidavam para subir. Notadamente idas constantes ao "Palais Elegant" da rua Conselheiro Crispiniano e a "Vila Tedesco", da mesma rua, pertencente a Madame Nina sempre acompanhada do negro leão-de-chácara Inácio. Segurança que garantia o sossego e a "moralidade" da casa. Onde a maravilhosa "Condessa Lina Bani", frequentava. Fêmea de beleza estonteante, tanto que alguns homens chegaram a se matar por ela.

—Não tenho vícios! Só bebo e fumo quando jogo. E bebo para tornar as pessoas interessantes...

Alardeava em gozações, enquanto o dinheiro esvaia-se por várias formas. Nário não mais trabalhava e não saia das vinhaças do "Mané Caneco de Ouro", do "Chiado" e das famosas bacalhoadas da "Maria Varina".

—Só não jogo, pedra em santo! E acordo ao meio-dia, para nunca me achar horrível de manhã...

Brincava ao participar constantemente de desvairadas jogatinas e ruidosos jantares em companhia de amigos estudantes do velho "Templo das Arcadas" do Largo São Francisco, onde não deixava ninguém pagar a despesa. E tome novos encontros galantes. Terminando "Bandeirante" por dilapidar o que restava, nos modestos casarões da rua Conselheiro Crispiniano. Habitados por mulheres na maioria brasileiras, sob a direção das proprietárias "Maria Cavalheira" e "Negrinha". Onde as pensões eram conhecidas pelos números das respectivas casas — o "69", da "Cavalheira", o "71", da "Negrinha" e assim por diante. Numa delas morava a "Vovó do Pito" e sob os sobrados, as casas comerciais...

Ultimamente não fazia nada além de visitar os palacetes dos amigos percorrendo a alameda Glete, ruas Vitória, General Osório, Duque de Caxias. Frequentar cafés e confeitarias nas rua Direita, de São Bento, da Quitanda, participar de quermesses que se realizavam no Jardim da Luz em benefício de instituições de caridade que nem lembrava mais os nomes e noites de concerto musical da Fôrça Pública. O restante do tempo dedicava-se a procurar novas "pensões de passatempo", ambientes de música e alegria, as "zonas chiques" daquela época...

O resto do dia era consumido em passeios a pé. Foi numa dessas longas caminhadas que pensando bem, "Bandeirante" resolveu mudar de vida. Antes que perdesse tudo, até a dignidade. Ia apreciando as paisagens e vendo as instalações dos primeiros industriais italianos, montando fábrica de camas de ferro, fabricando formas de madeira para calçados, lidando com mármores.

Nário percorreu o trecho da rua Aurora à Vitória desviando do corre-corre de gente atarefada por entre barulhentas carroças. Quando em companhia do amigo Vitorino Carmilo, entrou na rua Timbiras, que ia até os fundos da casa do dr. Joaquim José Vieira de Carvalho, na praça da República, já sabia o que fazer.

Chegou até a rua de São João, com a resposta. Sabendo que lhe custaria caro privar-se daquela vida mundana, sem regras nem controle. Talvez a partir daí, não visse mais com frequência amigos importantes. Nem falaria com intimidade sobre Carlos Vieira de Carvalho, Antônio de Toledo Piza, Benedito Montenegro, Antônio de Almeida Prado, Francisco Ramos de Azevedo...

Desceu a escadinha que levava ao Beco do Sapo (hoje, Vale do Anhangabau), onde um italiano portando brincos de argola e lenço na cabeça, mantinha um braseiro montado em lata de querosene, que assava suas castanhas.

No número "15" da rua Formosa uma cafetina, a Lola, **salerosa** espanhola que arregimentava em sua casa crescido número de "inquilinas" dispostas a divertir a todos, chamou-o pelo nome. O homem decidido a mudar de vida, fez que não era com ele e seguiu em frente.

A família (todos os parentes falecidos) tinha uma "vivenda de campo", às margens do rio Tietê, em Itaquaquecetuba, mais conhecida como Itaquá ou Capela, onde Nário Ildélio Aquilino não via há muito mas quando menino passava as férias escolares.

E para lá é que ia de mala e cúia, mesmo não sabendo em que estado se encontrava a propriedade. Sem se despedir de ninguém, após vender os únicos bens da família, que restavam na capital: algumas casas de aluguel e o sobradão onde morava, no Largo do Paissandu.

Já alojado na abandonada moradia a beira do rio Tietê, veio conhecer a cabocla Nâni Eulália Veridiana. Infelizmente, quando o lampião da existência de "Bandeirante" iniciava espalhar melancólica claridade. Tal qual o sol descendo fraco, deixava a tarde itaquaquecetubense de um pálido roxo-dourado...

Pouco tempo o casal teve de vida em comum. Num dia cinzento de chuva e vento, na hora da morte do marido nas barrancas do rio, a mulher Nâni pediu às vizinhas:

—Tragam uma vela!

Nário, cujo espírito gozador o filho herdaria, contestou nas últimas palavras:

—Não precisa! Vou a remo mesmo...

A NATIVA

A tarde caia serena. O sol desaparecia nas pastagens. O céu límpido, de azul desmaiado, mantinha no horizonte manchas como flocos de algodão. Canários da terra amarelos como girassóis, alegravam a quietude daquele magnífico retiro natural: a aldeia guaianá de Taquaquecetuba.

Corruptela que deriva do tupi, **taquá quicê tuba**, que quer dizer "lugar onde há taquara cortante com que se fazem facas". O "I" inicial foi acrescentado com o passar do tempo pelos moradores. O mesmo acontecendo com a mudança de sílaba, o certo seria **qui**: Taquaquicetuba. Pois o "que" não existe.

O ano? Pelos idos de 1600...

De informação em informação através de gerações, até onde se sabia, a itaquaquecetubense por nome Nâni Eulália Veridiana, descendia longinquamente, da bela índia da tribo guaianá, Nâniguara. (Queria dizer "Pobre". **Nâni**, vasio. **Guar**, o que está. De acordo com o sentido do vocábulo: aqueles que estão sem nada).

Filha de destemido índio da aldeia de Taquaquecetuba, chamado Mura. (Alteração da palavra **myra** que significa povo, nação) que por sua vez era filho de Piá-açu (**piá**, coração; **açu**, grande, "Coração Grande", generoso) um valente, afoito e corajoso cacique.

O jovem Mura possuia dois irmãos mais novos. O Sacuya ("Olho Vivo". Corruptela de **eçá**, olho e **coi**, bolir, mover-se). Esperto, cauteloso e precavido menino. Outro, também moço, o Mayorúma ("Companheiro das Andorinhas". **Maioi** no tupi significa andorinha. **Rúma**, **rumuára**, companheiro).

E uma irmã, a menina Uaimiry ("Pequena Preguiça". Corruptela de Aimirim. **Ai**, bicho-preguiça e **mirim**, pequena).

Como amigo, só tinha o Apiacá ("Manchado". **Apiá**, pintado: **cá**, o que é). E como inimigo maior o famigerado grupo **cutê** (rápido), bando de fascínoras comandado pelo terrível Yaúna. ("Devorador". **Ya**, o que; **ú**, come; **áua**, os. Aqueles que devoram).

Tendo como asseclas os não menos assustadores e perversos: Tuiana ("Sanguinário". **Tui**, sangue; **ana**, abundância). Nhamundá ("Ladrão Que Corre". **Nham**, correr e **mundá**, furtar). E o Ticuna ("Nariz-Preto". Corruptela de Tica-Una. **Ti**, nariz: **cã**, osso e **una**, preto).

Um dia os famigerados componentes do grupo **cutê** raptaram a menina Umairy — a “Pequena Preguiça”, irmãzinha do decidido e valente guerreiro Mura.

Quando tomava banho no rio Anhembi, com a amiguinha guaianá Maitê (nome estranho e bonito que significa coisa feia — os nativos costumavam usar artifício como esse, para proteger os recém-nascidos dos maus espíritos), a garota foi flechada na perna e levada para a selva através de canoa.

Seus raptores de repente como chegaram, de surpresa e desnudos, com o corpo coberto apenas por pintura negra, desapareceram agitando as águas com remadas rápidas. No mesmo dia Mura partiu sozinho. Não encontrou a irmã durante a procura por meses a fio, mas valente como era, liquidou um por um seus inimigos.

Na aldeia guaianá souberam mais tarde, que o barco sinistro em que a pequena estava amarrada de pés e mãos, durante a briga de seus raptores pela posse, ao bater numa pedra foi ao fundo. Apenas os índios se salvaram a nado. O céu escureceu e ouviu-se um grito de mágua, aflição, ecoando por toda a selva.

Do seio silencioso do rio amigo, levantou-se um bramido de dor, que foi repetindo água à fora. A terra também gemeu. Todos notaram um ruido estranho que não era de gente nem da mata. No dia seguinte, as pedras choraram orvalhadas ao sol, na aldeia de Taquaquecetuba.

Por muito tempo, nas horas de certas noites, quando o rio estava deserto e as águas calmas, surgia o fenômeno. Nas margens de mato alto, negro e muito denso daquele trecho do antigo Anhembi de vegetação úmida e diversificada, ouviam-se ecos do passado. Gritos aflitivos, logo depois de um estrondo que estremecia os ares.

O barulho mais forte, tristonho, que atroava, era o choque do barco na pedra. O restante, chamados angustiados, soluços e lamentações da jovem afogada. Os homens empalideciam, choravam as crianças de medo e as velhas rezavam, pela voz da morta que periodicamente vinha relembrar a sua angústia.

Sons do além, que atingiam farturas de carobas, maricás, corticeiras, criúvas, mirindibas, candeias, bacuparis e palmeiras jerivás, quando reflexos pálidos da lua alcançavam matas e areais...

A CAPELA

1920. A manhã de cerração intensa exibia sol desbotado no céu cinzento, cobrindo todas as trepadeiras floridas que subiam fazendo arco verde salpicado de rosa, branco, lilás, vermelho, protegendo bicho-pau e bicho-folha do "Jardim". Como era mais conhecida a praça principal. A névoa cobria o coreto onde a banda musical aos domingos tocava, o cruzeiro sempre cheio de tocos de velas, grama e os arvoredos como jóias vegetais, que a passarinhada revoava. As alvas plumas da ubá e as flores da ingazeira.

Em especial a ave mutum-de-penacho que pousou no pau da guaivira, e o mutum-pinima, na aroeira. Finalmente descansados por alguns minutos pegaram rumo as matas fechadas, do Pium, Pinheirinho, Ribeiro, Merendá...

Praça, onde o padre João Álvares e demais jesuitas, ergueram em 1624 a igreja de Nossa Senhora da Ajuda, na aldeia da Taquaquecetuba, Capela, depois Itaquaquecetuba ou Itaquá. Como quiserem, sempre foi o centro de toda a movimentação. Inicialmente usada como cemitério de nativos guaianases, passou posteriormente a ser concentração de bandeirantes em suas passagens pela aldeia, 1700 e ponto de encontro por ocasião de leilão de escravos em 1800. Entrando em 1900, sempre reunindo os moradores e prosseguia com o passar dos anos.

Descendo, a Ladeira da Ponte (antiga Ladeira do Quebra-Bunda), o porto. Uma ou outra embarcação encalhada e o extenso leito do rio — que em épocas de dias chuvosos provocando a cheia atingia várzeas, lagoas e córregos que corriam encachoeirados — por onde barqueiros rio acima rio abaixo, equilibrando a pequena embarcação no remo, desviando de apodrecidos troncos enfiados na água, cruzavam com batelões carregados de areia.

Beirando o Tietê, ranchos de parede de barro, telhado feito com palha da caraná e chão de terra. Em pátios com aspecto de massa de cinza e carvão, como brejo de cascalhos e folhas apodrecidas. E em todas as choupanas, presente o complexo vegetal da farmacologia sem igual: chapéu-de-couro, jalapa, quina-quina, guaraná-rouxo. Plantados ou na forma de raizes, folhas secas, guardados no bau das ervas curativas...

Onde cada mulher tinha sua receita:

—Casca da carapanaúba? Santo remédio nas febres. É que nem quinino...

Para outra, o cozimento da casca da manaiara servia para lavar feridas.

—Do suco do jatai faço xarope contra a catarreira...

Uma terceira indicava chá de tarumãzeiro nas icterícias...

Moradia dos pobres ribeirinhos, remanescentes de índios guaianases, descendentes de negros escravos, mestiços, caboclos e lutando a toa entre si.

Durante o dia armavam discussões e brigas. Mas não de um ou outro, muitos. E comuns as cenas de conflito, pelos menores motivos, entre moradores bêbados que logo se atracavam. Como naquele dia, de cães ladrando, gemidos, queixas, gritos, palavrões e rezas das mulheres, só porque um mentiroso garantia ter visto traíra tão grande que matara a tiros...

Quase todos moçambiqueiros, participantes do Moçambique (ou Congada), uma das danças mais curiosas do nosso folclore. De procedência africana. No tempo da escravidão, dançada nos salões pelôs escravos, antes do baile dos senhores brancos. Difundida no Estado de São Paulo (especialmente no Vale do Tietê e Vale do Paraiba), Minas Gerais e outros Estados.

Os moradores da beira do rio Tietê, daquela época, participavam de todas as danças religiosas: da Dança da Santa Cruz (ou Sarabacuê e Sarabaquê, variações do mesmo vocábulo de origem indígena, para designar essa cadência de passos ao som e ao compasso da música), a de São Gonçalo e Cururu. E as profanas: Fandango, Quadrilha, Lundu, Jongo, Batuque, Côco etc

Portavam violas, caixinhas (tarolas), rabecas, adufos, cavaquinhos, violões, tamborins etc. Além de um bastão de madeira (guatambu) que levavam às mãos, usado para figurações coreográficas denominadas "manejos". Os ribeirinhos por entre discussões e brigas, ensaiavam na beira do rio a Congada (Moçambique), que seria apresentada naquela temporada, em ruas e praças na vila da Capela ou Itaquaquecetuba. A dança diferia da primitiva, sofrendo já influências de outras de origens portuguesa e indígena, da aldeia guaianá.

E, curiosamente, constituida somente por homens. A participação feminina estava exclusivamente no carregar os estandartes (de Nossa Senhora do Rosário, Nossa Senhora Aparecida e São Benedito, principais santos da dança) ou quando escolhiam o Rei e a Rainha. A leva masculina agitando-se constantemente e o movimento acrescido pelo álcool consumido, gerava inevitável confusão, gerando brigas violentas, no ensaio na barranca do rio. Demorando horas para ser dominado...

Nos dias de apresentação, mudavam comportamento e vestimenta. Tiravam os calções pobres e esfarrapados. Os dançadores vestiam limpas calças e camisas brancas com fitas azues e vermelhas cruzadas no peito e nas costas. Na cabeça levavam casquetes brancos, alguns deles enfeitados com fitas variadas, onde colocavam uma estrela prateada ou dourada. Medalhas de santos, em particular a de São Benedito porque segundo alguns participantes, a dança de Moçambique tinha sido inventada pelo referido santo.

O mestre-geral usava um apito, com o qual dirigia a dança e colocava, pouco acima do tornozelo, guizos em pulseiras de couro denominadas "paiás". Puxava a turma suarenta nas inúmeras partes da dança, que iam das chamadas "manejos" ou "pontos". Primeiramente com o canto do chefe e a resposta em coro dos demais formando duas filas e dando início ao "amarra-paiá", seguindo com "estrelinha do norte", "instrumento de guerra", "ponto de onça" e assim por diante. O ritmo era variado. A melodia, em geral, ligeiramente triste, porém bonita. As vezes cantada até em quatro vozes...

Alguns homens cruzavam-se uns aos outros, agitados, "temperando" a viola ou parando e achegando-se ao fogo para esquentar o couro do adufe a fim de ficar tinindo. Ou simplesmente, chapéu atolado na cabeça (só se descobriam para dançar), na orelha cigarrão de palha apagado, portando seus instrumentos musicais sem muito cuidado.

Um levava a matraca, um pedaço de tábua com empunhadora, tendo centro um pedaço de ferro, à guisa de alça, que, com o movimento brusco, batia produzindo estalos secos. Mais usado na Semana Santa, ou "na recomenda das almas", por meninos percorrendo a cidade, quando cessavam as vozes dos sinos. Em geral seguindo o percurso por onde passava a procissão.

Outro cuidava de transportar o minúsculo marimbau (ou berimbau-de-beiço, do tempo dos escravos, hoje peça de museu) pequena peça de ferro na forma de ferradura onde havia uma haste pregada. Que os ribeirinhos metiam entre os lábios, ficava presa nos dentes e vibrada com os dedos da mão esquerda. A boca servia de caixa de ressonância.

Dessa formas iam passando a puíta, um pau roliço, oco, de mais ou menos trinta centímetros de comprimento. Tendo uma das bocas recoberta por couro. No centro amarravam uma haste de madeira bem lisa. A haste ficava no centro do tubo, como uma cuíca. O paiá, de dois tipos: um na forma de correia com guisos metálicos, o outro de latinha tipo chocalho. Instrumentos de percursão como o maracá, feito de porunga. Quando a cabaça estava seca, tiravam as sementes e resto da polpa colocando dentro pedrinhas ou chumbo. Até mesmo contas de rosário de capiá. Obturando o orifício com cera ou resina, estava pronta para guiar o rítmo.

Passavam também carregados pelos moçambiqueiros, o cocho (uma rústica rabeca de uma só corda, tendo a caixa e o braço feitos de apenas uma peça), o tambu ou candongueira, o quinjengue, o biritador, a guzunga (espécie de tamborim), a mulemba, o cambito (baqueta), o canzá (ganzá) e os conhecidos reco-reco e pandeiro. Batuqueiros por excelência, até seus enterros eram dançados e cantados...

Homens e fieiras de tabaranas, traíras e lambaris, nos ombros. Carregavam também para vender, alguns "paulistinhas" (raridade hoje existente apenas no Museu de Arte Sacra) — pequenos santos de barro. Mulheres, conduzindo na cabeça cestos com suas quitandas e "mãozadas" de içás. Formigas saúvas aladas, que saiam aos enxames no verão, após as chuvas, às vésperas de suas núpcias. Que fritas sem abdome, eram vendidas entre os ribeirinhos e nas ruas centrais da Capela.

O povo comia o que mais? A base era feijão com toicinho e a farinha de mandioca, mais a couve. Além de peixe e carne de caça. De "sobremesa" canjica socada no pilão. E muito aguardente antes e depois das refeições, parecia ser indicação geral...

Apenas um homem, cantando baixo o lundu, despedindo-se da velha beata que ia para a igreja, parecia alheio ao movimento violento do ensaio dos moçambiqueiros e do passa-passa contínuo. Vestindo camisa de morim, suja até não mais poder, calça de brim, remendada de baixo acima, acompanhado de uma criança de calção gasto e rasgado, colocavam taboleta anunciando que alugavam a moradia para pesca.

Dentro, jiraus com uma ou outra peça substituiam os guarda-roupas de madeiras de lei. Uma arca ou bau-de-couro, protegendo peças melhores, poucas saias, blusas. E o restante do espaço, reservado para os calções dos pescadores. Já que camisa raramente vestiam. A mesa, o oratório de madeira, o rústico fogão e a lenha seca. Um relógio parado em qualquer hora.

A caixa-de-costura contendo dedal, tesourinha e carretéis de linhas coloridas. A cuia de farinha e a cabaça de água. A bolsa de tabaco, no local especial reservado também para as palhas de cigarro e o baralho, a fim de não mofar. O boião de banha de porco, o pote de mel-de-pau, o garrafão da cachaça, o feixe de vara de pescar, o samburá e as vezes até uma viola.

O restante, latas vazias e panelas dependuradas nas paredes de taipa esburacada...

Indiferentes à briga-conflito que poderia leva a algo mais sério na comunidade moçambiqueira e ao movimento dos passantes, as crianças brincavam na beira de rio tumultuada. De “Cabra-cega”, “Sinhô-lobo”, “Lua-luá”, “João-bobão”. E “Tempo-será”:

—Tempo será.

—De cericecó.

—Laranja da China?

—Pimenta em pó.

—Pinto que pia?

—Pi-pi-ri-pi.

—Galo que canta?

—Co-co-ro-co-có!

—Quem é o durão?

—Só eu só.

—Olha que eu lhe pego.

—Não é capaz.

—Olha que eu lhe pego.

—Se for capaz...

O maior negociante ribeirinho era o Caboré. Matuto ágil, amigado com a monumental mulata Lupercínia, a Lupe. Prendada mulher, que muito favorecia a vizinhança jovem em apuros...

Caboré mantinha “venda” montada bem no estilo da época, pintado em cima: secos e molhados e o sistema comum de marcar na caderneta. Na verdade duas portas na frente, com sacos de biscoitos, rolos de fumo, indicando e moradia nos fundos. Caboclo de poucas letras, virara lenda no comércio local pela sua esperteza.

Certa vez despejaram em sua porta um carregamento de cal e ele protestou imediatamente: não tinha feito aquele pedido. O vendedor mostrou-lhe um pedaço de papel com pedido do seu próprio punho. O homem pegou, leu e confessou modestamente.

—Pois é. Era sal, eu esqueci da cedilha...

O BAILE

Raios de sol espalhados pincelavam a paisagem com suaves tonalidades de aquarela, onde a brisa fresca balançava ramagens dos arvoredos em flor. Era manhã do dia 3 de agosto de 1929 em Itaquaquecetuba, que o povo preferia chamar de Capela. Ou até "Itaquá aquece a tuba". Um sábado festivo que muito prometia, já com o sabiá rompendo na capoeira seu canto saudoso e sanhaços agitando-se nas fruteiras.

Vacas mugiam tangidas para o curral e cães ladravam ao longe. Pelas ruas estreitas, de casinhas alvas, gente a pé e a cavalo alvoroçando-se por entre gritos e gozações, dirigiam-se para a praça padre João Álvares. Ou "Jardim", como chamavam, tendo como destaque maior a igreja seiscentista cercada de poucas gigantescas cabriúvas. Cedros, guarantãs, paus-marfim e toda uma casta maravilhosa da flora tropical de outrora já tinham desaparecido.

Iguarias delicadas colocadas, junto da banca de plantas medicinais e aromáticas. Cheiro de cravo e canela das bebidas caseiras, no ar. Moças passeavam acanhadas em torno do cruzeiro. Movimentos de lencinhos de seda. Acenos de cabeça em retribuição aos cumprimentos. Desafios de violeiros misturavam-se a cantigas antigas e risadas. Ponteados de viola e canções mais atuais.

O Marcílio colher e copinhos na mão, arrastando um balde, vendia sorvete caseiro. Caboclos a procura de dois dedos de prosa ou sentados nos calcanhares jogavam truco, abastecidos pelo corote de cachaça debaixo do caixote onde expunham as cartas.

Cidadãos expondo reminiscências. Memórias em suas narrativas, sobre um tempo que não mais presenciariam. O encarregado da decoração das salas, o habilidoso pintor Eugênio Aguiar, gesticulando dava os últimos retoques orientando o auxiliar Pedro Machado. Onde mais a noitinha seria realizado a tão esperada festa de consagração da Miss Itaquá. E a eleita no concurso de beleza instituido pelo "O Arauto", semanário de Mogi das Cruzes, a senhorita Benedita Fernandes da Cruz.

A fachada da casa do capitão João da Silva Ferraz, agente do correio local e representante do mencionado jornal, cedida para o importante evento achava-se enfeitada do rodapé ao telhado, onde dois escudos contendo as frases: "Salve Miss Itaquá" e "Salve a Redação do "O Arauto" destacavam-se.

Mal anoiteceu, os convidados foram se aproximando da residência, ansiosos por participarem da solenidade, que prometia ser revestida de extraordinário brilho. Compostos por várias famílias locais, da capital e de Mogi das Cruzes.

Compareciam os senhores Benedito A. Silva, Sebastião Cemado da Câmara, da redação do "O Arauto", Manoel Martins Alves, professor Armando M. Quaglio, José da Silva, Agostinho Paiva, tenente Arlindo de Oliveira, Augusto Alves dos Santos, Mario Gama. Os estudantes Teodoro Dias e Luiz Gama Ribeiro.

Um grupo de amigos esperava na porta: e nele estavam o capitão José Leite e seus filhos Olegário e Adelino. Ernesto Deliberato, Antonio Fernandes, Gabriel Santareli e Benedito B. da Silva. Numa outra turma: Oscar Ferreira dos Santos e seu irmão Manoel. Os estrangeiros Luciano e Ives. Mais Charles H. Junior e seu amigo Juca Ferreira. Próximo da entrada novo apanhado de amigos composto do Antenor de Moraes, o Guilherme M. Diogo, o Antonio Martins, o Otavio Sepi, o Cícero Gomes Ribeiro, o Antonio Prado e o Teodoro Dó.

Exatamente as 20 horas, sob prolongada salva de palmas e ao som da "Miss Itaquá", composição do maestro João de Araujo Fonseca, a jovem Benedita Fernandes da Cruz chegou ao recinto das homenagens, onde previamente convidado pela comissão organizadora, saudando-a, usou da palavra como orador oficial, o dr. Arnaldo Velozo. Colocando em relevo o significado da festa onde imperavam beleza e elegância. Em seguida, Benedito A. Silva, redator de "O Arauto" ofereceu à Miss, além da respectiva faixa de vencedora, um presente ricamente decorado e toalha de fino bordado. Em seguida, num sinal discreto do mestre de cerimônias para a harmoniosa orquestra, deram início ao baile...

Ao som de valsas dolentes jovens rodopiavam no salão. As senhoritas Dolores e Benedita Moraes, Joaquina e Maria de Abreu, Carolina e Helena Olivato, Eglantina, Eglee, Maria Conossa. Francisca e Inocência Barbosa, Zelina e Olga Apolinário. As irmãs Olinda e Odila Siqueira Leite. A professora Virginia Vieira Nunes, a Elza Magalhães, a Leonor Fonn, a Maria Ângela, a Aparecida Fernandes, a Maria Aparecida de Moraes, a Carmen C. Silva, a Leopoldina Ferreira...

De momentos em momentos, surgiam intervalos. A música parava para que entrassem os oradores. Assim agiu o tenente Arlindo Gonçalves de Oliveira, abrindo caminho para seu superior na hierarquia militar, o capitão Leôncio Arouche de Toledo, primeiro tabelião da comarca. Falaram ainda Zédino Valhiengo, em nome de Mogi das Cruzes e finalmente tomou a palavra o capitão João da Silva Ferraz, anfitrião e presidente da comissão dos festejos, que agradeceu as presenças.

Terminados os discursos, passaram a abrir espaços de tempos em tempos, para as declamadoras de poesias. Num verdadeiro torneio logo que a música cessou, subiram ao palco improvisado, as senhoritas Leonor Tons, Elza Magalhães e Zelinda Apolinária, dirigidas pela professora Virgínia Nunes, que intercalando-se faziam jus a calorosos aplausos tanto quanto aqueles dedicados aos oradores da noite.

Conforme o descrever do entusiasmado cronista do “O Arauto”, com termos muito usados na época, a "encantadora festa, de elegância e formosura, em local de escól e garridamente ornamentada, prestando expressiva homenagem à senhorita Benedita Fernandes da Cruz, "Miss Itaquá", composta de famílias e cavalheiros, onde os serviços de chá e "bufet" decorreram magnificamente, e vicejavam, entrelaçados, a mais perfeita cordialidade e o bom tom, só terminou ao alvorecer do domingo"...

Os jovens estrangeiros presentes que o jornalista citava em 1929, eram, um deles o Charles H. Junior, o Carlito, filho do cientista e médico norte-americano Charles Henry Tyler Towsend. Considerado um dos maiores entomologistas (parte da Zoologia que estuda os insetos) do mundo. Chegara há pouco tempo em Itaquaquecetuba, vindo ao Brasil a pedido do governo brasileiro a fim de estudar e cuidar das doenças dos cafesais do interior paulista.

Escolhendo local para moradia optou por Itaquaquecetuba adquirindo como propriedade a "Fazenda Casa Grande Velha", um casarão seiscentista. Outrora moradia de padres jesuítas que catequizavam índios guaianases locais, afim de trazê-los para o aldeamento.

Charles Henry Tyler Towsend escreveu inúmeros trabalhos específicos, entre livros e apostilas que foram parar na maioria das universidades do mundo. Tendo na ocasião a China pedido permissão para copiar seus livros no combate, desta vez, das pragas dos arrozais.

(Towsend que nasceu em Oberlin, Ohio em 5 de dezembro de 1863, faleceu em Itaquaquecetuba no dia 17 de março de 1944. Seus familiares ficaram conhecidos como "Pessoal do Americano").

Os outros rapazes estrangeiros citados como participantes do concurso de "Miss Itaquá" em 1929, eram os irmãos franceses Ives e Lucien. Filhos de um francês denominado Charles Desiré Toutain, engenheiro agrônomo, formado pela Ecole Nationale Dagriculture de Grignon, na França, onde transferindo-se para o Brasil, implantou em Itaquaquecetuba o primeiro estabelecimento avícola em escala comercial. Chegou na cidade em 1925.

E baseado em seleção genética aperfeiçoou o plantel de perus, originariamente importado, adaptando-o às nossas condições climáticas, tendo escolhido como lugar ideal para isso o bairro do Mandi.

Onde já em 1926 surgiu a "Granja do Mandi", que foi durante muitos anos, um centro de pesquisas, recebendo visitas de agrônomos, especialistas nacionais e ilustres figuras estrangeiras dedicadas a especialidade. Admitindo inclusive estagiários de várias partes do mundo, pois tratava-se de estabelecimento modelar.

Granja que participou de exposições no Parque da Água Branca, em São Paulo, onde levantou vários prêmios. Seu criador, Charles Desiré Toutain, Membro Honorário da Associação dos Alunos da E.N.A, de Grognon e mais jovem jurado na Primeira Exposição Internacional de 1900, em Paris, colaborou com artigos nas mais famosas revistas especializadas daquele tempo.

(Charles Desiré Toutain, que nasceu no dia 22 de outubro de 1878, em Blois Blua, na França, faleceu em 17 de fevereiro de 1958, em Itaquaquecetuba).

Dizia-se que um frequentador assíduo da "Granja do Francês" (como também chamavam na época) foi o Pai da Aviação, Santos Dumont...

O que o cronista do semanário "O Arauto" não comentou (obviamente que não poderia citar todos), foi a presença de dois desconhecidos, jovens simples e modestos: o caboclo Nário Ildélio Aquilino Filho e a japonesinha Tóki Kurotsuo. Miúda e magra, não atraindo a atenção pela pujança de formas.

O rapaz baixo, magro feito cachorro de pobre, mais duro e liso que pedra do fundo do rio, mostrando-se radiante, não parava. Ágil, lenço no pescoço, pescador de profissão e tocador de tuba por esporte, cantarolando baixo, tinha a vivacidade nos olhos.

A princípio limitou-se a olhares enviezados em torno da jovem arredia, encantado com seu sorriso e traços orientais. Quase uma novidade por ali. Além de portar duas tranças de cabelos pretos reluzindo e face rosada de papel crepom. Atrevido, um tanto cara de pau para a época, coçando a barbicha rala caída no canto da boca, partiu para o ataque.

A meiga japonesinha, de fisionomia delicada, gostou do jeitão do abusado. E a partir daquele baile de coroação da "Miss Itaquá", Nário e Tóki iniciaram um romance já prevendo as dificuldades que iriam passar. Medo das consequências, nem pensar. O pescador gostava de dizer que tinha sangue bandeirante e de indígena guaianá, correndo nas veias. A japonesa por sua vez, afirmou descender de antigos samurais...

As palavras de Nário, procurava não esquecer:

—Meu rancho, vencendo duas curvas do rio, é logo ali...

O sol clareava a verdolenga mataria que cercava o "Jardim", onde perfumadas trepadeiras floridas entrelaçavam-se com vegetais importantes, remédios salvadores da humanidade: parumã, cainga, guassotonga, bardana, beldroega.

Um bando de moleques madrugadores atirava cascas de banana e palavrões, num bêbado retardatário que sentado num tamborete de couro cru, no meio da praça padre João Álvares próximo do coreto, falava sozinho:

—Parei de beber! Depois de amanhã vai fazer dois dias...

Brincou o embriagado bugre Samexuga.

Indiferente às vozes estranhas que o agrediam, vasculhando a mochila dali retirou a garrafa de pinga vazia e algumas poucas bolachas.

Do imaginário coletivo iniciou citando uma criatura fantástica. A aparição de uma bola de fogo amarela e voadora que ele associava com encantamento. Seria uma virgem que guardava o ouro escondido por escravo. Pinçando da mente doentia, do seu arquivo de "causos" envolvendo estranhos personagens, prosseguia.

Sem público para ouví-lo, contava baixo com total convicção sobre outra entidade sobrenatural:

—Era já boca-da-noite, quando vi aquela coisa. Uma enorme cabeça sem cabelos...

O Cabeça-de-cuia, do qual muita gente falava.

—Não vi seu corpo, mas seus grandes olhos. Ele estava mergulhado na água e tentou virar a canoa. Remei o mais depressa para escapar do bicho...

Dia já bem claro, encerrando o tão esperado evento, a banda musical local, a tradicional "Liberdade", abrilhantando ainda mais, cobria de sons as pacatas ruas itaquaquecetubenses. Assustando pássaros, que passavam velozmente sobre os altos bambus graciosamente curvados...

O PESCADOR

A tarde mormacenta de dezembro, clareando a mata com excessiva luz, somente oferecia calor inclemente e picadas de motucas. Estridentes indaiás sobrevoavam cedros, ingazeiros, tufos de capins barba-de-bode, jaraguá e vasto lençol verde-musgo de léguas. Além de atoleiros de vegetação espinhenta e áspera...

Sáia presa entre as pernas, a mulher que lavava as últimas peças de roupa na beira do rio Tietê, junto da orla da capoeira, tufos de pita e moitas de mamona, levantou-se ao ver a escuridão formando-se no céu. E o ronco da trovoada.

Logo, o rio bufando com as chuvas nas cabeceiras, iria sacudir como pena o pequeno barco e obrigar o pescador que no lugar de lambaris, saguirus, bagres, mandis, trairas e tabaranas, sonhava com dourados, curimbatás e piracanjubas que ali já não existiam, a remar mais depressa. Mas ele nunca reclamava. Uma lavadeira de beira de rio, a despeitada Janja, companheira de outro pescador, o Dagô, que a toa metia o bedelho na vida despreocupada e boêmia de Samburá, sim, parecia reclamar. Quando o viu passar para as bandas do canavial amarelado que beirava o rio, comentou no tom para que todas as suas colegas ouvissem:

—Andejo, mulherengo, tocador de tuba e remador! Isso é sina de pobre! Esse desinfeliz Samburá, sem eira nem beira, não pára nunca! Parece que tomou chá de pé de cachorro...O pai era homem de bem, que não fez fortuna. Limpo, incapaz de maldades, mas o filho é um malandrão...Esse, só quer gozar a vida no colo macio da mulherada...Se não tivesse conhecido a mãe dele, diria que é um perdido filho da água...

O Dagô era do município vizinho, e como arujaense passou a não ver o gozador Samburá com bons olhos, desde o dia que ele fez uma brincadeira de mau gosto. Escreveu no barco do amigo:

"Se cachaça fosse fortificante,

Arujá seria um gigante"...

Como Dagô não sabia ler e crente de que as palavras significavam outra coisa, navegou por meses exibindo a frase, até ser alertado...

A corredeira poderia aumentar sem susto. Mesmo que de minuto a minuto agigantar sua força e a frágil embarcação principiasse a fazer água. Em último caso, o pescador nadava muito bem, em braçadas fortes alcançaria logo a margem...

O jovem destemido só temia uma coisa: a língua ferina da mulherada amada e despresada, que o conhecia. Seus pais tinham falecido, sozinho, Nário Ildélio Aquilino Filho, o Nário do Samburá, ou somente Samburá (pequeno cesto feito de cipó ou taquara, que não largava e onde levava o peixe ou guardava coisas pessoais), representava a categoria dos solteiros, livres e desembaraçados.

Conservava no lado de fora da embarcação, uma recordação pintada pelo pai. Poema de Mário de Andrade, sobre o rio formador de majestoso cenário. Inspirador do grande poeta paulista:

Água do meu Tietê.
Onde me queres levar?
Rio que entras pela terra.
E que me afastas do mar...

Pescador profissional, por vocação e esporte. Porque gostava e dessa forma "contribuia para o reabastecimento constante das excelentes cozinhas itaquaquecetubenses", conforme falava bonito o vigário local, seu amigo.

Sem impecilho nenhum. Mais alguns minutos e já navegava por diversas ilhotas cobertas de vegetação rara, onde pequenas flores brancas, cresciam em árvores isoladas não altas mas muito copadas. Característica conhecida. Sinal que estava chegando. Dava para distinguir de longe, mancha clara no formato de torre contrastando no verde-musgo das folhagens da praça padre João Álvares: a igreja de Nossa Senhora da Ajuda.

Pensava também nas encomendas de linhas e anzóis, no remendo das redes, na preparação das iscas. O material tinha que estar em ordem.

Samburá pescava de todas as maneiras, usando vários materiais, como varas, redes de armar, com bóias de tronco de sarã; tarrafas, só não usava a bomba criminosa que explodia matando peixes em largo trecho. De poita, parando o barco no meio do rio, embarcação retida por uma corda atada à pedra que servia de âncora.

Pescava de arrastão em semi-círculos contra o barranco, fechando o peixe que se aglomerava. Nas noites escuras como breu, na lua nova, a pesca era de facho. Colocando na proa da embarcação um pouco de barro ou telha, lascava piúva-preta e punha fogo. O peixe avistando a claridade exessiva da luz vermelha-violácea, pulava para dentro do barco...

Ao passar uma curva do rio, o navegante ouviu a Janja gritar xingando-o, como de costume. Em resposta à ofensa da mulher do Dagô, Samburá respondeu sem se preocupar se ela escutasse ou não:

—Sou pobre, mas não sou pobre de caráter!...

Em seguida avistou um amigo que pescava com vara, na beira do mato encharcado margeando o rio. O homem acenava e com a outra mão em concha na boca, gritava.

Era o espanhol Ocho Rios, bem bêbado, se batendo contra picadas de pernilongos e defendendo-se como podia dos ferrões de outros insetos. Tendo dificuldades de voltar a pé para casa.

Sob rajadas de vento forte e na agitação da água, remando de vagar, encostou o barco abaixo da flor amarela da guaxinguba e deu-lhe a desejada carona. O colega desanimado, desabou no barco como cavalo cansado.

--Credo! Como você está branco, o que aconteceu?

Quis saber Samburá.

Para disfarçar a bebedeira Ocho Rios justificou-se rápido:

--Ainda pergunta? Ví agora mesmo a Cumucanga, em pleno ar!...

—-De dia? Com esse sol quente?...

Cumucanga para o supersticioso espanhol, era a cabeça da sétima filha (não batizada) de um casal que não tivera descendente do sexo masculino. Em certas noites, essa parte se desprendia do corpo da moça e vagava feito bola de fogo.

—E não foi só! Passou há pouco por aqui também, o Casca-grossa...

Assombração que o visitava constantemente. Alma penada de um pescador que havia morrido e voltava na forma de pessoa normal. Aparecia quando todos descansavam na beira do rio. Perturbava demais. Brincando, fazia cócegas, cutucava até derrubar os homens da rede...

Uma vez acomodado no barco, Ocho Rios pedia conversa.

Exibindo todo o seu espírito gozador no meio da prosa, quando o amigo preocupou-se com a existência ou não de futebol depois da morte. Samburá não esperou muito para dar resposta.

—-Bem, numa seção espírita em que baixou o falecido Pequetito (companheiro de bebedeira do espanhol), que embarcou recentemente para o andar de cima, ele lhe mandou dois recados. Um bom e um ruim. Qual o amigo quer primeiro?...

—O bom...

—É que tem sim, futebol por lá.

—E o ruim?...

—Você foi convocado! Joga domingo...

A JAPONESA

O sol rompendo a custo a ramaria alcançando a grossa camada de humus virgem do chão, pintava de ouro os carreiros de pacas e cotias. Orquídeas derramavam cachos de flores amarelas e lilazes sobre o robusto jacaradá. E a passarinhada aumentava a bela festa para os olhos, com demorados trinados pelas copas das fortes massarandubas.

Ajeitando ainda mais o já caprichado jardim junto a desempenada sapucaia, onde brincos de princeza debruçavam-se sobre madre-silva, esporinha-roxa, boa-noite e alfavaca, o homem reclamava.

—Tem o Tsuyoshi, o Heije, o Ohara, o Matsuichi, o Sujio, o Omi, o Sooichi, o Sutomo, solteiros, por que o pescador Samburá; um caipira tocador de tuba?...

Estavam em 1930.

O pai, lavrador Hatsuo Kurotsu, preconceituoso descendente de **samurais** (membros da casta militar no Japão), enumerando vizinhos, não se conformava com o fato da filha Tóki (quer dizer Sol Nascente) namorar alguém de outra raça. Rezara até para Amaterasu Omikami — a Deusa Xintoista do Sol (xintoismo é a religião nativa do Japão, que tem raizes nas crenças dos japoneses ancestrais, atravessaram os séculos e hoje convive lado a lado com o budismo), sem resultado.

Tudo fizera para desmanchar o romance entre os jovens, mas em vão. Os namorados davam-se muito bem e até numa coisa as duas almas combinavam: os dois vinham de geração em geração, mantendo os mesmos nomes de seus antepassados: Nário e Tóki.

A cesta de frutas foi passada, onde continha jabuticabas, coroas-de-frade, abacaxis, frutas-do-conde, araticus-do-campo e bocaiúvas.

E todos se serviram...

A jovem tinha mãe e avó vivas. A matriarca das Tóki chegara em 1906, dois anos antes do navio "Kasato Maru", trazer os 781 japoneses pioneiros. Trocando a imagem do sol vermelho e redondo surgindo entre as montanhas de Kagushima, sua cidade natal, pelo sol amarelo das terras tropicais.

A anciã recordava-se bem:

—Eu era pequena quando minha mãe me fez ajoelhar no chão como todos os outros faziam. Estar diante do soberano transformava-se numa emoção divina. Ela me pediu para baixar a cabeça e não abrir os olhos, porque se visse a luz da imagem venerada de um semideus como a do imperador Meiji (avô de Hirohito), que passava com sua comitiva, eu ficaria cega...

Educadamente, só depois que a matriarca cessou, o lavrador Hatsuo Kurotsu prosseguiu com sua aula sobre o Japão, citando até **xogunatos** (**xogun** — governo militar). Inclusive o **bushido** (conjunto de regras dos **samurais**). Para a que a família recordasse sempre.

Após a rodada de chá, novamente o lavrador assume seu lugar de instrutor repetitivo. Insistindo em explanações maciças sobre o "Poder dos Séculos", para ninguém da família esquecer.

Como se isso fosse possível...

A japonezinha Tóki, ao sair, passando na varanda coberta de trepadeiras, para a despedida, queixou-se para a mãe:

—Meu pai cita constantemente essa história da sua origem, de milhares de anos, justamente para humilhar o Samburá, que tem apenas quatrocentos anos de História...

A tarde caia calmamente no sítio dos japoneses, onde a rodada de **sakê**, reforçada de deliciosa brisa fresca que passou a balançar bambusais, altas folhas de abacateiros, de carregadas laranjeiras e bananeiras vergadas pelo peso dos frutos, animou a conversa entre os asiáticos.

Onde todos obedeciam o chefe da colônia, o líder Hatsuo Kurotsu, que falava sem parar e fumava em demasia tal qual um **camicase** em marcha lenta.

A bebida melhorava o ambiente tenso provocado pela discussão sobre o namoro de Tóki e Samburá. Além do que, o vento aumentando, parecia anunciar boa e refrescante chuva ao anoitecer.

Confirmavam isso, os mistérios da vida caipira. O fato da saracura cantar tomando o rumo da água, o burro começar a zurrar sem parar e o início da formação de correição no formigueiro do forno...

Já na praça ao encontrar o namorado a jovem surpreendeu-se com o grande número de pessoas, ali reunidas no dia santo.

—São todas religiosas?

Perguntou Tóki à Nário do Samburá.

—Nem todas...

Repondeu o pescador, dando continuidade:

—No Brasil, quando o feriado é religioso até ateu comemora...

A CORREÇÃO

No mais ardente sol, tudo parecia se arrastar, no abandono e preguiça da tranquila paisagem. Os fracos ruidos da natureza contribuiam ainda mais, para o silêncio que reinava no lugarejo. O coaxar de rãs e sapos, o zunido dos gafanhotos, o monótono som das cigarras...

Um grupo de assaltantes, chefiados por um português que estava no Brasil há pouco tempo, atacou joalheria na capital, levando milhões em jóias e fugindo para o interior de São Paulo, teve a má sorte de passar pela Capela.

Na época, em algumas cidades a ferrovia era o único meio de transporte e o chefe de polícia da capital expediu comunicado às estações de trens, pedindo que os policiais ficassem alertas e procurassem os gatunos.

Não demorou e o chefe de polícia recebeu um telegrama de Itaquá, com a informação de que a ordem fora comprida: os ladrões tinham sido localizados numa chácara, estavam presos e parte das jóias recuperada. O texto do telegrama, porém, apresentava erros de português e o chefe enviou resposta ao prestativo sub-delegado. Cumprimentou-o pelo trabalho eficiente, mas criticou o texto, pedindo que "corrigisse o português".

O sub não teve dúvidas. Assim que recebeu o telegrama mandou tirar o português da cela e aplicou-lhe um corretivo: violenta surra.

—O chefe mandou corrigir você, seu ordinário!—Disse secamente o policial.

Ao saber do espancamento, delegados da capital determinaram a instauração de sindicância. O policial de Itaquaquecetuba, foi avisado de que deveria comparecer à chefia da Polícia Civil para ser ouvido. E, imediatamente comparecendo, em suas declarações o sub-delegado explicou que estava seguindo à risca a orientação de seu chefe.

—Ele mandou corrigir o português e eu o fiz.

Afirmou o caboclo caprichando no vernáculo.

—Tanto corrigi, que ele prometeu voltar para Portugal assim que cumprir a pena pelo roubo.

Acrescentou a autoridade interiorana, guardando no armário da improvisada delegacia, a vara de marmelo e a palmatória. Passando a mascar um naco de carne-seca, enquanto limpava a espingarda...

O PADRE

A noite engolia o sol. Ouviam-se ao longe o som da sanfona e do cantador de viola em punho. Nuvens de tons róseos e dourados, desapareciam com os raios do sol extinguindo-se. No ar moscas zumbiam adoidadas. Libélulas migravam em busca de novas paisagens, despresando floridas árvores de médio e grande porte como mirindibas, tipuanas, angicos, resedás, manacás, faveiros e alecrins-do-campo, voando ao longo do rio para realizarem suas desovas em remanços mais afastados.

Lacraias e escorpiões prontos para a luta, estava na hora da coruja jacurutu abrir como faróis seus olhos de topázio cercados de máscara preta. No pasto enfeitado pela maravilhosa vegetação de paineiras e paus-santos, algumas vaquinhas gordas completavam a calmaria.

De repente, não mais que de repente, a desgraça. O fogo surgiu rápido no sapezal. A brisa, o vento fraco que soprava para refrescar a noite que surgia, na centelha, foi suficiente. Provocou labaredas fazendo desenhos como cobras bailando, atingindo grossos troncos e cipós. Trêmulas línguas de fogo, feito serpente devoradoras destruindo tudo o que encontravam...

—Mãe Santíssima...Valei-me meu Pai do Céu...

Rostos avermelhados e suarentos, os moradores da beira do rio, rezando e açoitando o chão com varas tentando acalmar o inferno que se alastrava, chamavam de São Lucas a São Jerônimo. Imploravam para Santa Bárbara, São Patrício, Santa Efigênia, São Judas Tadeu...

E o fogaréu devorando troncos apodrecidos de velhas árvores e brotos. A pequena cultura de cana-de-açucar e a roça de milho. Chamas lambendo as matas de carapanaúbas, campos e o espesso tapete de folhas e gravetos que margeava o rio. Fogo nas barrancas cujo clarão refletia na água, dourando a face do Tietê. As labaredas atingiriam o barracão da fabricação de farinha? Estavam próximas e o incêndio varava a noite...

Na manhã, surge uma comitiva já prevista, da capital e a população fica aliviada. Viria junto alguma forma de socorro, providenciado rapidamente contra a queimada que devastava florestas, campos e matas ciliares beirando o rio?

Nada disso. Apenas a visita de rotina do governador do Estado na pequena Capela, para uma série de solenidades de praxe, inaugurações de estradas na região etc.

E que seria recebido pelo chefe político local que previa cumprir árduo programa — do café da manhã ao jantar. Em ambiente pesado dado ao fogo que não acalmava sua fúria destruidora. E o fato do povo jogar nas costas do governo (desde aquele tempo) tudo que de ruim acontecia. Inclusive enchentes e incêndios. E ali de corpo presente, achava-se um dígno representante da classe. Sorte dele, que o povo não vaiava autoridade, naquela época.

A comitiva governamental chegou bem antes do horário previsto, numa "jardineira" — ônibus aberto lateralmente, com bancos em sentido transversal. Surpreso o sargento do destacamento local, desorientou-se e enervado não sabia o que fazer para recepcionar os ilustres visitantes. Tresloucado começou a dar ordens no meio das pessoas que juntavam.

E como primeira preocupação: desobstruir a passagem, onde estacionaria a "jardineira" oficial. Aos brados solta a primeira ordem:

—À banda! À banda, com a jardineira! Toquem a jardineira!

Imediatamente, a furiosa "Banda Liberdade", perfilada para executar as marchas de costume, sem tempo de mudar as partituras, de improviso ataca "A Jardineira", sucesso do carnaval.

Para desespero do sargento, imóvel e com os olhos esbugalhados diante dos músicos que não entenderam suas ordens. O governador aplaude, às gargalhadas, até o último acorde da marchinha de Benedito Lacerda e Umberto Porto...

No fim do dia, antes de retornar a capital, o governador foi à matriz, na praça principal, para cumprimentar o vigário. Entrou, com o chefe político, até a sacristia. Ao lado do padre que providenciava a reza, deitado estava um enorme e ameaçador cão pastor-alemão.

O governador olha admirado para o animal:

—Que cachorro mais bonito, padre. Como é que chama? O religioso leva os olhos ressabiados para o governador, para o cão e em seguida para o chefe político visivelmente nervoso, não vendo a hora da visita acabar, para continuar nas providências de tentar apagar o fogo nas matas. E, com dificuldade, responde cortando as palavras:

—"Vosa Excelência". O nome dele é "Vossa Excelência"...

O governador olha sem graça para o chefe político da região. Ambos tensos. E obviamente também o padre. Abrevia a visita e à saída vê deixar a sacristia, a caminho da rua, uma saltitante e bonitinha cachorrinha. Que sem cerimônia, faz festa esfregando-se nas pernas do governador e do chefe político.

Com ar malicioso e louco para desabafar, o governador volta-se ao padre:

—E esta cadela, vigário, como se chama?

E sem dar tempo para a resposta, foi fundo:

—Ah! Já sei. É a "Mãe de Vossa Excelência"...

O SACRISTÃO

Sons de valsas apaixonadas saiam da imensa varanda, onde samambaias pendiam nas janelas. A moça ao debruçar-se para o pequeno jardim que guarnecia a frente da casa, nem reparou no rapaz descalço e maltrapilho que passava rápido.

Afobado, o jovem Chande chegava apressado do distante bairro, para assumir logo o cargo de sacristão da não muito grande, porém antiga, igreja de Nossa Senhora da Ajuda. A marmita até saltou da sacola revelando seu conteudo: só tinha um bolinho de farinha e pequenos pedaços de rapadura...

Combinado as bases com o padre, chegou na hora de assinar os documentos. Foi quando notaram que o rapaz não sabia assinar o próprio nome. Estava provado e comprovado, era analfabeto...

A despedida foi no ato. Como ia anotar casamentos, batizados etc e tal?...

O padre chamou o pescador Samburá que havia recomendado o jovem e espinafrou:

—Como você indica alguém para a igreja, que não sabe ler nem escrever?

Sobrou para bugre Samexuga, que havia reforçado dizendo conhecer o Chande desde criança. E até para o espanhol Ocho Rios, que enaltecera as boas qualidades da pessoa indicada...

Louco para fumar pelo nervosismo de ter perdido o primeiro emprego, Chande abandonou cabisbaixo o templo religioso. Mas Deus não desampara. Já na praça, tristonho, olhando de relance, uma luminosa idéia o orientou.

Havia muita gente em frente a igreja e ninguém vendia cigarros por ali. Só ofereciam as iguarias das estações: pamonha, milho cozido e assado. Frutas: uvas, peras, pêcegos, que crianças compravam no bairro do Morro Branco, dos sitiantes italianos, Fuga, Tugnoli, Spinelli e revendiam.

Na maioria crianças gritando, apregoando suas mercadorias:

—Olha a cana-caiana e a laranja! Banana frita! Temos também em calda e banana pessoalmente...

Dias depois, Chande com enorme sacrifício, montou ali uma pequena banca para venda do tão procurado produto.

Prosperou e montou outra no município. Mais uma na vizinha cidade. Evoluiu tanto que transferiu-se com malas, bagagens e cigarros para a capital. Em São Paulo acabou logo possuindo uma cadeia de lugares onde a venda principal era o tabaco. Na forma também de cigarretes e charutos.

Cresceu muito. Prosperou tanto que se tornou ainda moço, um rico negociante e consequentemente figura lendária das mais importantes do município que o viu nascer e onde passou a ser grande proprietário de terras, adquiridas através de procurador nomeado por ele.

Um dia o Chande foi lembrado pelas autoridades itaquaquecetubenses e resolveram convocá-lo. Homenagear um de seus filhos mais ilustres: o milionário que ali, do nada, começou a vida, tornando-se grande nome das finanças do país.

Armaram palanque defronte a igreja e a praça padre João Álvares ficou lotada. Banda de música, coral, fogos de artifícios. Tudo pronto, na hora de assinar o diploma a importante figura mais uma vez teve que confessar, só que desta vez sem constrangimento e cerimônia. Com ponta de orgulho até. Afastou o papel:

—Ainda não sei assinar...

A decepção foi geral.

—Mas como?...

Perguntou surpreso uma das autoridades, que não estava muito interessada em que se fizesse tal homenagem. Afinal o homem só tinha dinheiro e nada havia feito pela cidade. Pelo contrário, abandonara sua terra natal e nem a visitara nesse tempo todo.

—Não aprendeu ainda?...

Lembrou o padre que recusara seu primeiro emprego.

Chande rematou sem preocupação:

—E dai? Dou graças a Deus! — E apontando o dedo. — Se eu soubesse assinar o meu nome, ainda hoje seria o sacristão dessa igreja da "Itaquá aquece a tuba"...

O CURADOR

A luz da manhã alegrava a vida. As vozes da passarada na curva da estrada que exibia tufos de rosas aveludadas, angélicas e jasmins, anunciavam a madrugada. Subindo a Ladeira da Ponte, o planalto na forma de jardim. A praça padre João Álvares, centro do lugarejo muito procurado...

Como acalmar uma pessoa nervosa? Usar, durante três meses consecutivos, todas as sexta feiras, uma chupeta na boca dia e noite. E como tratar a gagueira? Uma surra de colher de pau. Para pessoas calvas? Arranjar uma rama de bata-doce e fazer chá. Com esse líquido lavar a cabeça não deixando cair no corpo, pois haveria o perigo de ali, nascer pêlos. Ânsia? Segurar uma chave...

Assim ainda era a Capela, quando bastante apreensivo o promotor público de 23 anos chegou da capital para a cidadezinha, afim de descançar uns dias, na chácara de seus pais. Nas vésperas de assumir seu primeiro emprego. Desceu do trem, subiu na charrete que o esperava e avistou uma só rua. Na praça, a igreja e algumas casinhas brancas, touceiras de bananeiras, cavalos soltos. Era tudo.

—Preciso pegar uns ares de saúde. Uma cor melhor. Exercitar-me. Andar mais. Pescar um pouco. Ver o amigo de infância, de férias, o Samburá, bom contador de casos e anedotas.

Olhou para o cocheiro e prosseguiu:

—O Samburá é uma sala cheia! Ele é capaz de contar a mesma história em três versões...

Ao se aproximar da casa onde ficaria, viu junto ao muro coberto por camada de barro avermelhado, um aglomerado de pessoas, na maioria deficientes físicos e necessitados, sentados em cadeiras, deitados na esteira.

Mala na mão e na outra o Código Penal, parecendo uma Bíblia. À sua passagem, todos se ajoelharam e passaram a saudá-lo com entusiasmo, braços esticados indo para o céu e para o chão, como se ele fosse um lider religioso.

—Misericórdia!...

—Ajudai-me São Jerônimo!...

Surpreso com a reverência, o jovem promotor entrou depressa na casa, não tocando na carne ensopada nem no prato de doces. Perguntou direto ao caseiro da chácara o que estava acontecendo. Teve resposta rápida.

—Doutor, ficaram sabendo que o senhor viria e estão aí desde às 6 horas da manhã. Dizem que só querem um milagrezinho...

—Um o que?...

O novato arregalou os olhos, rosto imberbe, assumiu ar de espanto e quase desespero. Pensou em mandar recado imediato para a corregedoria pedindo orientação, mas logo desistiu, com receio de parecer inseguro. Pela janela, entravam ruidos dos mais diversos. Trec-trec das muletas, cânticos religiosos e já alguns gritos de "sai capeta!"...

Pediu a benção para sua mãe na capital, via telepatia. Fez o sinal da cruz e foi até a rua atender e entender aquela gente barulhenta. Pessoas que gritavam como possessos. O coração palpitante e as pernas tremendo, o rapaz perguntou gaguejando, o que os enfermos queriam. Um idoso com a perna ferida, deu um passo à frente e respondeu:

—Doutor, pelo amor de Deus, ajude a gente. Só queremos a cura. Ouvimos dizer que o senhor, além de promotor também é curador...

Aliviado, o jovem promotor público engoliu seco. E procurou explicar que apenas exercia funções específicas na defesa dos incapazes ou certas instituições. Dizendo o sentido jurídico da palavra. Curador: aquele que, por decisão judicial, administra bens e dirige a pessoa dos que por si não possam fazê-lo. Citando o caso de loucos, surdos-mudos, certos menores etc.

Para decepção da platéia ansiosa a espera de um milagre. Certo de que aquele jovem feiticeiro ou rezador, com sua arte milagrosa, iria curar desde picadas de ofídios peçonhentos a simples erisipela...

O BUGRE

O sol estava alto e o calor atacava de frente a mata virgem, parecendo torrar tudo ao seu redor. Ao longe ouvia-se o cantar soturno do uru, a araponga martelando com seu rítmo continuado, e o toque-toque anunciando violentos golpes de machado pondo abaixo algum jequitibá centenário.

Cigarras e grilos completavam. Enchiam o ar de ruidos no catingueiro da chapada. No terreiro, galinhas de bico abertos, exauridas pela marcha sem fim e o cisca-cisca, escondiam-se pelas guanxumas. No rancho de paiol e galinheiro ao lado, cercado do emaranhado de taquaras e taquaris, junto ao tronco da ramalhuda gameleira, onde, de suas forquilhas balançavam cipós como serpentes, pendiam bromélias e orquídias orelhas de burro, o bugre Samexuga deixando de lado o pote de mel-de-pau espichou-se na rede. E com o pé passou a balançá-la numa onda aparente de calma e felicidade.

Só aparência...

Pegou um pedaço do rolo de fumo de doze cordas e pô-se a picá-lo. Alisou a palha, espalhando fumo pacientemente. Acendeu o cigarro, tirou umas fumaçadas bem puxadas. E olhando por acaso para um caco de espelho dependurado na parede esburacada, assustou-se com o rosto envelhecido. Diante da espiral de fumo titubeou pálido, deu uma cusparada ao lado e aí, reagindo com ferocidade, explodiu com veemência:

—Cruz-credo! Como esta vida de mato escangalha! Para fazer o que fiz até hoje é preciso ter alma de aço! Como mula de carga, percorrendo léguas e léguas montado em matungos e pangarés, a procura de burros extraviados no cerrado, perdi a saúde, me acabei, neste matão dos infernos, enfrentando pulhas e bastardos...

Injuriado. Revoltado contra o mundo, inquieto feito preá vacilante, blasfemava como condenado. Fez um movimento involuntário derrubando vários objetos. Atiçou o fogo de chão com tanta violência que o cachorro "Guaiaba" (único companheiro além da mulher Zefa Caiana, naquela vida solitária), disparou assustado pela taquaruçu estourando, espalhando fagulhas para todo lado. Há tempos que não pegava na viola. Não mais cantava trovas nem vasculhava capins jaraguá e do-campo atrás de paca. Nem caçava tatu. Embora achasse que a jaguatirica mais a onça suçuarana, ainda farejavam por ali...

Levantou-se e afastou a cestinha de gabiroba, revirou uma gaveta mexendo em pente, lápis, espelhinho, relógio a procura de folhas secas de laranjeira, para se acalmar, através de chá...

Mormaço pesado. No latir insistente do fiel guarda "Guaiaba", no terreiro, assustando rolinhas e pombas rolas, a contra-gosto o homem foi ver de que se tratava. Tinha medo que se pelava de mau olhado de estranho. Surgindo a figura de um carreiro amigo. Portando expressão leal e franca, rosto queimado do sol, sadio, com apenas alguns vincos de rugas.

—Boa tarde!...

—Carái! Ora veja, quem é vivo sempre aparece...

Encontro selado com aperto de mão tão fraco, que pareciam estar emprestando os dedos...

O carreiro calçou o carro, tirou a junta de bois, tangendo os animais para pequeno cercado e descanço:

—Encosta!...Anda!.. Oi, boi...

Bichos aliviados da carga, espigas de milho no cocho, visitante e anfitrião dirigiram-se para a mais próxima xiboca de beira da estrada aberta por entre paus-darcos e massarandubas. Há tempos que não se viam e estavam a fim de um assado de paca, dois dedos de prosa e três de cachaça...

Conversaram sobre o assunto preferido do bugre: assombrosos acontecimentos quase visíveis e palpáveis na forma de barulhos no telhado e projetos. Tendo Samexuga garantido que pretendia anexar ao seu, mais sítios da beira do rio e contratar agregados para dar conta do trabalho. Atacar lavouras de algodão, tabaco e até café.

Mas tudo não passava de ilusão. O homem não saia mesmo da plantação de mandioca, que ocupava quase todo o terreno durante os doze meses do ano...

Horas depois, as despedidas. O bugre acompanhou o amigo até as matas da tauari, da munguba e do cipó-catinga, se lastimando. Com a língua travada pelo excesso de cachaça, abanou a cabeça em sinal de reprovação. Falava parecendo usar só as consoantes:

—Diacho, por que tanta pressa! O amigo para onde se atira?

Confuso, só aquela hora lembrou de perguntar. E admirado ficou.

—Vou descarregar no centro da Capela, pegar um caixão de defunto e seguir para as bandas do Arujá...

Exclamou o visitante com vivacidade e disposição. Diante da demonstração de inveja do outro recordando o tempo em que viajava por toda parte. Tanto o bugre Samexuga, quanto o espanhol Filogônio Ocho Rios, tinham sido tropeiros que desistindo da profissão, haviam ficado para sempre na Capela. Rota de tropeiros que se destinavam para as Minas Gerais.

—Posso ir junto até a vila, para continuar o papo? — Perguntou pendendo de bêbado e babando.

—Claro, com muito gosto...

Conversando, o nativo no caminho foi apanhando vegetais a fim de levar para o bau-de-ervas da companheira: uma babosa aqui, uma azedinha acolá; alfazema, erva-da-pontada. Nunca se sabia o dia de amanhã. Até que chegaram na loja de caixão e o vendedor vendo o estado do Samexuga, brincou com o comprador:

—O senhor quer que eu embrulhe o caixão de defunto, ou o seu amigo já vai dentro mesmo?...

O DELEGADO

O sol nascia dissipando nevoeiros.

O jovem delegado recém chegado, não demorou muito para perceber que na Capela, o único que não bebia era o sino porque tinha a boca para baixo. "Manguaça", "birita", "goró", "aquela que matou o guarda", não importava o nome, estavam exagerando. A seu ver a população bebia demais:

—Pelo que observei, por aqui só não bebem ferradura por causa da curva...

Como o consumo estava um despropósito, com brigas e arruaças por todo lado, ele resolveu proibir a venda de cachaça aos domingos. E a lei do doutor delegado foi clara:

—Só em caso de emergência, como alguém ser picado por uma víbora, algo assim...

Foi quando o forasteiro chegou com uma "sede" dos diabos. Onde poderia mandar para o bucho uma branquinha de leve, sem muito barulho e sem levantar suspeita de quem estava burlando a lei local?

Chegou-se junto ao Samexuga, que parecia ser irmão da opa. Mas num mau dia. Balançando o corpo, flexível como um bambu, o bugre, nervoso, piscava os olhos, torcia o pescoço, pigarreava. Agitado, mexia-se todo no banco do "Jardim", como rã de laboratório. Levantava e sentava novamente, tombava o jornal que fingia ler, derrubava o chapéu...

Falava sozinho e agredia verbalmente alguém:

—Sacripanta! Safardana! Avarento!...Vai ver, gasta todo o seu dinheiro para comprar verniz a fim de envernizar os cornos em dia de festa...

Mesmo assim o turista ia arriscar a pergunta, mas não teve tempo.

—Só para quem é mordido por cobra...

Foi falando logo o bugre ao perceber a intenção do recém-chegado.

—E existem muitas serpentes por aqui?

Desabafou o forasteiro, não importando com as consequências. Samexuga balançando o corpo e as mãos trêmulas, tentou ser o mais claro possível. Mostrou a canela escalavrada, completando:

—Olha, tem uma ali na pracinha, bem guardadinha, bem escondidinha, mas o senhor vai ter que entrar na fila...

O ESPANHOL

Uma réstia de luz fugitiva que ainda havia no horizonte passou a ser tão fraca, que não se podia mais dar nome de dia. Em busca do sol que sumia, cipós trepavam sobre troncos de jatobás, tamburis, aroeiras. Logo a friagem tomou conta. O tempo ficou brusco com chuvisqueiro. Hora de cobra procurar o cupinzeiro.

Apressou-se, pois logo como claridade, só os vagalumes emitindo a luz fosforescente verde-pálido. Quebrando o silêncio daquela solidão verde de luxuriante vegetação úmida onde pendiam flores roxas, amarelas e vermelhas, aliviou os animais das cargas cobertas com couro cru a proteger da ação do sol e chuva. Retirou as cangalhas e levou os animais para o pasto beirando o córrego, cercado de folhuda rama e por onde crescia em abundância o capim barba-de-bode.

O tropeiro, pele queimada pelo sol e cortada por espinhos, deu uma trégua geral. De pé, tirou o chapéu cheio de remendos, cabeludo pois barbeiro não via há muito nas andanças pelo mataréu; tão minguado quanto o freguês, esticou os braços magros para cima. O mesmo movimento fez com o corpo todo, espreguissando-se o mais que pôde. Com cara assustadora de quem não tomava banho, nem pensava mais em mulher...

Sem tirar da boca o pito de longo canudo, buscou no sapiquá a farinha-de-milho e a carne-seca, o café e a rapadura. Só tinha biscoito seco e cachaça. Sentiu falta do arroz empapado. O solitário gostava de uma conversa mas naquela lonjura e sozinho concluiu, antes levantando os braços para cima em gesto que denunciava indignação:

—Só se prosear com a tropa...E assim mesmo falar o que? Repetir que vou para São Paulo por que aqui a vida está parada?...

Não deu tempo, mal afrouxou o cinto-guaiaca, cansado, ali mesmo dormiu o sono dos justos no chão fofo de folhas secas e paus podres.

Só no amanhecer é que topou com a realidade. Olhou em torno, muito gravatá trançado formando um tapume espichado, ideal para cobras e lagartos. Mais além, árvores próprias de terreno encharcado onde bandos de periquitos exibindo a beleza de suas cores, cortando o silêncio com sons estridentes, pousavam numa incontida alegria. Teria que estudar novo rumo.

Notou a graça de um mico pulando sobre guatambus, jacarandás e nada assustado com a sua presença. O homem riu. Correu o olhar para mais longe e diante da área pantanosa, um desanimador alagadiço sem fim que se apresentava a perder de vista. Retomou o ar sério e exclamou em tom grave para si mesmo, constatando a realidade desanimadora resmungou:

--Nossa, acho que perdi o caminho! Como vou sair deste brejão sem jeito e sem fim? Só se voltar pela mesma trilha.

Passou a mão na cabeça da égua de crina tosada e olhar triste tanto quanto o dono. Dirigiu os olhos para o arreio desmanchando de velho. Rédeas comidas pelo tempo. Calça rasgada, só um pé de espora chilena e calçado em farrapos...

O cavaleiro bem manguaçado exalando suor e a pinga que acabara de enxugar, descarregou o pouco que reiniciara. Construiu improvisado jirau para guardar o que restava do material: cangalhas, bruacas, embornais. E o espanhol Ocho Rios, sem parar desde o tempo de criança quando acompanhava o pai, estancou ali mesmo, num trecho de Itaquaquecetuba. De início provisoriamante, onde ficaria para a vida toda...

No "fogão paulista", três pedras dispostas em triângulo no chão protegendo o fogo, preparou a primeira refeição do dia: a jacuba. Água fervente adoçada com rapadura, derramada sobre a porção de farinha socada do milho. Tinha que ser farinha, porque o tropeiro achava que fubá era coisa de escravos e animais.

Saudoso de um cuscuz de panela, arroz com palmito, peixe pintado com ervas, leitoa pururuca, picadinho de carne, macarronada de casamento, virado de frango, farofa de toresmo, lambaris fritos e outros pratos da antiga culinária paulista. E para neutralizar os efeitos de tanto sal e demais condimentos, o viajante sonhava também com um pouco de doce: biscoitos de araruta, pudim de mandioca, canjica, pão-de-ló de fubá, goiabada cascão, pamonha de milho verde, curau, paçoca de amendoim, bolo caipira.

Sentou-se na grama encostando o corpo num velho tronco, a fim de rezar para São Tertuliano e pedir a Pai-Sumé. Entidade de barba branca, vestindo túnica clara; na sua crença: um sêmi-Deus na forma humana...

No mesmo dia, encontrou um menino de nome Samburá, morador num sítio vizinho, que pôs-se a falar sobre uma mulher que acabara de passar por ali. Grávida em estado bem adiantado, prestes quase a dar a luz, que alegou estar com desejo de chupar coquinhos.

—E daquele cacho ali...

Apontou para um coqueiro que segundo o menino devia ter uns 25 metros, de onde pendia um maduro e cheio de dar gosto.

—E ela subiu até o ponto desejado...

Disse o garoto.

—O que, com a barriga grande?...Subiu e desceu?...

Admirou-se o espanhol.

—Não. — Acalmou logo o menino. — Para descer ela cortou duas palmas, se atirou e veio balançando como uma peninha...

O ENCONTRO

O sol dourando a poeira do caminho, batia-lhe de chapa no rosto suarento. Ao longe um monjolo socava compassadamente, enquanto gaviões piavam perseguidos por tesouras, acima do pasto da perobeira seca rachada por raio. Enorme borboleta azul flutuava ziguezagueando pela estrada, parecia perseguí-lo.

Passou sem olhar os amigos.

—Truco!

—Seis, muleta de aleijado! Reboque de igreja velha!...

Chamado para participar do jogo o pescador foi saindo de fino. Nem olhou para a improvisada mesa de jogo, na base de velho caixote. Desalentado reclamou:

—Ando caipora que só o diacho...

Dirigiu-se apressadamente em direção do sítio do pai da namorada Tóki. Nem parou para dois dedos de prosa com o carreiro Dato Ferreira, que passava conduzindo a junta de boi, cotucando na vara ora o "Soberano", ora o "Sete de Ouro". Animais que em silêncio caminhavam cabisbaixos. Apenas cumprimentou o amigo, que em retribuição levou a mão ao chapéu de palha descubrindo-se respeitosamente...

Precisava parar de levar aquela vida errante de amores, arranjar uma mulher definitiva, como seus vizinhos sitiantes e ter filhos. Uma penca deles. De um lado, o espanhol Ocho Rios que era casado com a Veva. Do outro, o bugre Samexuga (assim o nativo pronunciava sanguessuga) e sua companheira Zefa Caiana, atrás de artemísia, erva-de-bicho, parumã e outros vegetais.

Depois de um ano de namoro às escondidas, o primeiro encontro do caipira Nário do Samburá com o futuro sogro japonês foi desastroso. O ancião ensinando o empregado fazer vassoura com galhos finos, sério demais e o jovem pescador dado a contar piadas e citar parábolas a todo instante, não acertaram os ponteiros.

Batina preta desbotada e abotoada até o pescoço apesar do calor, bem que Dom Tomás Fray prevenira:

—O Nário (somente o religioso e a namorada o chamavam pelo nome, o restante pelo apelido: Samburá) é boa alma, bom caráter mas abusado, desbocado, meio ordinário!

Recebendo em troca imediata resposta do próprio que já fôra seu coroinha:

---Pelo contrário, extraordinário...

O caipira andou espalhando junto à população itaquaquecetubense, que o pároco tinha sido procurado por uma mulher desesperada.

---Padre eu estou com enorme problema! Tenho duas papagaias, mas elas só sabem falar uma coisa...

---O que elas dizem.

Perguntou curioso o sacerdote.

—Oi, nós somos prostitutas! Vocês querem se divertir?...

Respondeu timidamente a senhora imitando a voz das aves.

—Isto é terrível...

Completou o religioso.

—Mas acho que tenho uma solução para o seu poblema. Leve suas papagaias para minha casa e eu as colocarei junto com meus dois papagaios, os quais ensinei a rezar.

No dia seguinte, a mulher levou suas malcriadas papagaias para a casa do padre. Assim que foram colocadas na gaiola elas gritaram o de sempre:

—Oi, somos prostitutas! Vocês querem se divertir?...

Ao ouvir a novidade em altos brados, um dos papagaios olhou para o outro e emendou:

—-Jogue o terço fora! Nossas preces foram atendidas...

Pois não é que o abusado caipira Samburá começou o diálogo com o reservado Hatsuo Kurotsu, pai da sua namorada, assim:

—Era uma vez um pardalzinho que odiava ter que voar para o norte por causa do inverno. Ficava tão apavorado com a idéia de deixar o seu lar que decidiu adiar a viagem até o último momento possível.

Depois de despedir-se carinhosamente de todos seus amigos pardais, voltou ao seu ninho e ficou por mais quatro semanas retardando sua angustiosa viagem. Finalmente o tempo tornou-se tão desesperadamente gelado, que ele não pode mais adiar. Quando partiu iniciando seu vôo para no norte, começou além do frio terrível, a chover e rapidamente formaram-se flocos de neve em suas asas. Quase morto de frio e exausto, foi aos poucos perdendo altura e finalmente caiu por terra extenuado num pátio de estrebaria.

Quando já estava exaurido, pensando nunca mais se recuperar, uma vaca saiu da estrebaria e, virando o trazeiro em sua direção recobriu-o todinho de excremento. A princípio o pardalzinho não conseguiu pensar em outra coisa, a não ser que aquela era uma maneira horrível de morrer...

Porém, o pardalzinho sentiu que a imundice começou a envolver o seu corpinho e um calor reconfortante tomou conta de tudo. Aquecido revitalizou-se. E descobriu também que tinha espaço suficiente até para respirar. Subitamente sentiu-se tão feliz que começou a cantar...

Naquele instante, um grande gato entrou na estrebaria e ao ouvir o canto do pardalzinho iniciou remexer o monte de esterco fresco para descobrir de onde vinha o som. Finalmente o gato descobriu a avezinha e comeu-a...

Samburá olhou para a cara do velho japonês ele permanecia impassível. A parábola não agradara, pensou o caipira. Apelou para a moral da história:

--Nem sempre quem caga em cima de você é seu inimigo...

O futuro sogro permaneceu calado. Sem o menor sorriso.

—Nem sempre aquele que tira você da merda é seu amigo...

Samburá insistiu mais uma vez. Sem resultado. Hatsuo Kurotsu não achou graça.

—Desde que você se sinta quente e confortável, mesmo que esteja na merda, conserve o bico fechado...

Nem assim o japonês demostrou qualquer reação.

—Quem está na merda não pia...

Nada. Desistiu de tentar arrancar qualquer manifestação de simpatia do velhote asiático. Foi salvo pela namorada Tóki que parando de jogar peteca com as amigas, trouxe um cafezinho passado na hora.

Quando o japonês virou as costas, Samburá decepcionado, colocando o braço no ombro da amada murmurou assustado e desanimado:

—Não sei mesmo conversar com seu pai! Devo ser um tagarela estabanado. Um desastrado língua de taramela. Toda vez que eu conto algo engraçado para ele, o pouco que ri, nunca sei se é devido a piada ou se é de mim...

Mas o fato constrangedor não estragou o dia do pescador que imediatamente voltou a ser o alegre e gozador de sempre. Ao passar por ele um rapaz japonês, ameaçou-o de brincadeira:

—Sem uniforme da empresa? Está demitido!...

Gritou.

—Mas eu nem trabalho aqui!.

Respondeu o japonezinho que encontrava-se ali, apenas para fazer uma entrega.

Samburá fingindo que havia "pisado na bola", refez-se rapidamente:

—Então passe no departamento de pessoal para ser contratado e depois disso, está despedido...

Retrucou.

O jovem japonês saiu pisando duro, assustado com o maluco que encontrara em Itaquaquecetuba.

Pior foi na despedida, quando o pai da namorada chegou do banheiro para a sala, com a vista da sua calça, aberta de cima em baixo. Percebendo a tempo que havia esquecido de abotoá-la, o velhote japonês não retornou ao sanitário, para realizar a operação corretora do lamentável descuido. Recompôs-se ali mesmo na frente de todos, fechando a braguilha com a maior naturalidade possível. O suficiente para o futuro genro brincar. Samburá perdia um amigo mas não a oportunidade de gozá-lo. O pescador, tocador de tuba e agora revelando-se poeta, foi rápido rabiscando uma quadrilha no papel, como se o pai de Tóki tivesse se desculpando:

—Esses botões, que castigo!
De abotoá-los me canso.
Porém não tinha perigo.
Que o passarinho é bem manso...

O RANCHO

A mata quase impenetrável de guariúbas e marupás, recortada pelo Tietê, de campos verdes a perder de vista, tinha a moradia na beira do rio, construida em fins do século passado como casa de férias, no tempo de seu pai, o "Bandeirante". Na frente, o brasão de São Paulo e a máxima, a divisa: "**Non ducor, duco**". "Não sou conduzido, conduzo". E mais a sentença que simboliza o sentimento de um povo, escrito na parede: "Paulistas somos há 400 anos"...

Anexo, um tosco barraco de taboa e zinco, levava o título de "Rancho do Pescador", cercado de pausdalho, caviúnas e emoldurado por jequitibá de copa altíssimo. No pátio, mogangos e abóboras, panelas e caldeirões secando por cima de caixotes, barris e sacarias em geral. Mangueirão à frente e pomar atrás. Assim poderia ser descrito o retrato do paraíso (não fôra a companhia de motucas e borrachudos) do solitário Nário do Samburá. Que além de colocar apelidos nos amigos, punha também nomes em todos os seres viventes que o cercavam, tais como a vespa Cecília, o sapo Bernardo, a lagartixa Teresa, acordava todas as manhãs com o cantar gago de um bentevi, o Gago Coutinho, que invariavelmente repetia a frase:

—Bem, bem te vi! Bem, bem, bem te vi...

Chapéu de palha colocado de leve na cabeça, o arisco pescador e tocador de tuba, remexendo restos de passoca do bornal, derrubou a vela enfiada no gargalo da garrafa, por sobre um punhado de ervas secas. Amarrado com imbira, igual ao que sua falecida mãe Nâni, fazia.

Tendo hábito de quem mora sozinho, falava baixo para ninguém:

—Preciso dar um jeito de estudar, porque cabeça vazia é oficina do diabo...

Ou então mexendo em roupas e quinquilharias, olhando o retrato do progenitor:

—Estou ficando cada vez mais, pai do meu pai...

Pedras negras misturadas a restos de tições apagados, indicavam a cozinha. Chupando cana caiana, ouvindo pios de macucos, apreciando o vôo do gavião no horizonte, no rancho silencioso afastado de tudo e de todos. Sem relógio, sem compromisso, nem conta para pagar na "Itaquá aquece a tuba", como costumava falar...

Palmito cortado na hora, pote de mel coado, barra de rapadura, frutas frescas, na mesa (onde de prontidão estavam o vidro de pimenta malagueta e a cuia da farinha de mandioca), que iam de banana e laranja às espécies silvestres como frutas-do-lobo, gabirobas, murtas, araticus, maria-pretinhas. Debaixo da mesa, dentro de um balaio, a batata doce.

Vivendo também da pesca, tabaranas, traíras, bagres e lambaris não faltavam. As vezes até um dourado. Da caça, perseguindo paca, tatu, cutia, porco-do-mato já rareava. E atacando a lavoura, plantando o mais fácil e rápido de produzir: mandioca, uma abobreira ali uma mogangueira acolá...

Uma ou outra vez saindo para rever amigos, fazer gozações com o bugre Samexuga ou com o espanhol Ocho Rios, suas vítimas favoritas. E agora, namorar sério a japonezinha Tóki de cabelos perfumados...

Que chegou de surpresa para certificar-se da vida calma e despreocupada de Nário, comentada por muitos. Assíduo frequentador do "Bambusal" (local formado por grandes touceiras de bambus no início da Ladeira da Ponte). Motel-de-pé, da época, já que ninguém podia deitar-se ali devido as farpas espalhadas pelo chão.

Atrapalhado com a visita inesperada ao "Rancho da Pescaria", qual macuco assustadiço, Nário vestido com pano ensebado de trabalho e refastelado na rede debaixo do pé de laranja quase caiu de susto. Mal beijou-a, correu afobado providenciar um café, queimando levemente o dedo. Cuidando inclusive do frigir da frigideira.

—Ou prefere um "ajantarado", na base de carne seca, feijão e ovos?...

Em seguida, mais calmo, passou a mostrar as terras onde juntos iriam iniciar vida nova. A roças de milho, os arvoredos apinhados de frutas; plantações do tempo de seus pais: Nário e Nâni. De longe, apenas apontando as propriedades o pescador com seu jeitão gosador iniciou explicando onde ficavam os vizinhos. E ao relatar algo a respeito foi dizendo:

—As terras da esquerda pertencem ao bugre Samexuga e sua mulher, a Zefa Caiana. Casal que foi ao hospital para o nascimento do seu esperado primeiro bebê. Quando os dois chegaram, o médico falou que havia sido inventada uma máquina que poderia transferir a dor do parto para o pai. E perguntou se eles gostariam de experimentar a novidade. Ambos acharam a idéia maravilhosa e o médico colocou a chave em 10 graus para começar, explicando que essa medida provavelmente proporcionaria a maior dor, que o pai jamais havia experimentado antes.

E enquanto o trabalho de parto prosseguia, o marido, bugre decidido e dos bons, sentindo-se bem, pediu ao médico que aumentasse a porcentagem de dor transferida para ele. O médico aumentou para 20 graus, checou pulsação, pressão, do marido e ficou impressionado com a forma como ele estava reagindo. Em 50 graus o marido ainda estava se sentindo bem e, vendo que aquilo estava obviamente ajudando sua mulher, pediu ao médico que finalmente transferisse para ele toda a dor.

A mulher deu à luz um bebê saudável sem sentir absolutamente nenhuma dor. Samexuga e Zefa Caiana estavam maravilhados, e tudo ficou perfeitamente bem, até que eles foram para casa e encontraram o carteiro morto perto do portão...

Quanto ao vizinho da direita de seu sítio, o pescador Nário do Samburá iniciou assim o que tinha a dizer a respeito:

—Boa gente esse espanhol Ocho Rios! Ele trabalhava como garçom num restaurante e certa vez notei quando veio nos atender, que levava uma colher no bolso da camisa. Achei esquisito, mas tomei isso como um fato corriqueiro.

No entanto, quando o garoto encarregado da mesa trouxe a água, copos e talheres, notei que ele também tinha uma colher no bolso da camisa. Olhei em volta, no salão e percebi que todos os garçons levavam uma colher no bolso. Quando o chefe dos atendentes passou pela mesa, perguntei:

—Por que a colher?...

—Bem, — explicou — os donos do restaurantes contrataram uma consultora, especializada em eficiência, com o objetivo de revisar e melhorar todos os nossos processos. Depois de muitos meses de analises e estatísticas, eles concluiram que os clientes deixavam cair no chão a colher, com 73% maior frequência do que os outros talheres. O que representava uma queda de 3 colheres por hora, em cada mesa. Se o nosso pessoal ficasse preparado para cobrir essa necessidade, nós poderíamos reduzir o número de viagens a cozinha e, assim, poupar mais de 1,5 horas por homem-turno...

No momento em que estávamos conversando, escutou-se um som metálico na mesa atrás da gente. Rapidamente o Ocho Rios, o garçom que nos atendia trocou a colher caida por aquela que ele levava no bolso e me disse:

—Pegarei outra quando for a cozinha, assim não farei uma viagem extra para buscá-la agora...

Eu e meus amigos ficamos realmente muito impressionados e o garçom espanhol continuou a anotar o nosso pedido. Enquanto meus convidados ordenavam, continuei a olhar ao redor. Foi então que observei de relance uma cordinha fininha dependurada no ziper da calça do garçom. Rapidamente, percorri com o olhar o salão para me certificar que todos os atendentes levavam a mesma cordinha pendurada no ziper da calça.

A minha curiosidade foi muito grande e ao Ocho Rios se retirar, chamei o chefe dos atendentes para nova consulta. E perguntei:

—Desculpe, mas... porque todo garçom tem uma cordinha justamente naquele lugar?...

—Oh, sim! —Respondeu e começou a falar em um tom mais baixo. —Não tem muitas pessoas tão observadoras quanto o senhor. Essa consultoria de eficência da qual lhe falei, achou que nós também poderíamos poupar tempo na ida ao banheiro.

—Como assim?...

—Veja bem, amarrando a cordinha na ponta do...bem, o senhor já sabe, podemos sacá-lo para urinar sem tocá-lo e dessa forma, eliminando a necessidade de lavarmos as mãos, encurtando o tempo gasto no banheiro em 67% por homem.

—Que ótimo, isso tem muito sentido... Se a cordinha ajuda a sacar, como é que volta a guardar? —Perguntei. Foi aí que chegando o garçom Ocho Rios e tomando a frente explicou:

—Bem, como os outros fazem, não sei, mas eu uso a colher...

O CLUBE

A lua despontava, brilhando acima de troncos colossais de sapupiras, gameleiras e o silêncio, só interrompido pelo canto trêmulo e suave dos grilos. Apenas um ou outro pequeno clarão, no maciço negro da noite. O vento suave balançava as folhas das palmeiras produzindo doce música, que embalava o sono quando toda a natureza se aquietava.

Tinham se recolhido o socó-dorminhoco, que do nascer do sol ao poente, ficava nas margens das lagoas onde pescava. Fugia da luz intensa do dia, dormindo com o pescoço encolhido nos galhos mais altos das marupás e morrãozinhos. O martim-pescador, o quero-quero, o joão-de-barro, o pica-pau-benedito e outros pássaros em busca de abrigos. Nas margens com farta arborização, as águas do antigo Anhembi dos indígenas, também chamado de "água grande", desciam ao sabor da corrente, pelo trecho de lindas casas dos turistas de São Paulo, denominado Rio da Pedra.

Onde durante o dia, imponentes garças brancas, aos bandos nas áreas alagadas, procuravam seu alimento. Mesmo se o Tietê apresentasse condições adversas em suas águas...

Ali, Samburá amarrou seu barco e subindo a pé o Beco do Rio da Pedra chegou no "Jardim". Ou praça padre João Álvares, onde ao encontrar amigos para prosear, veio a baila o antigo time de futebol local, o "Liberdade". E passou a relembrar personagens de um tempo marcante do futebol local.

O pescador não perdeu a oportunidade de gozar sua eterna vítima: Ocho Rios. Dizendo que quando o espanhol chegou em Itaquá, foi logo ser o técnico do clube, cujo maior adversário era a pobreza.

Época também do inesquecível centro-avante Patada. Violento jogador português que treinava descalço (o pé do lusitano era um casco) e em dia de jogo, da correntinha para baixo era tornozelo. Chutava até alma do adversário. Quando jogava no segundo quadro, num jogo em Arujá, salvou o pobre Samexuga que ia ser trucidade pela furiosa torcida arujaense:

—Se vocês massacrarem este homem, vão matar toda a torcida do "Liberdade"...

Barqueiro em tempo integral, Patada só folgava no domingo. Acostumado a levar no braço e sozinho para São Paulo, um batelão carregado até o topo. No varejão, a enorme embarcação ia com areia e tijolo e voltava com sacarias de alimentos e materiais diversos.

O fogoso atacante forte como um touro, não jogava o fino mas marcava gols em penca, no segundão. E pretendia ao chegar no primeiro quadro do "Liberdade", criar fama como artilheiro. Estava louco para mostrar serviço. O técnico Ocho Rios não tinha tanta pressa de escalá-lo. Mas o português sim.

Até que um dia chegou a sua vez. Iria substituir o centro-avante Leônidas. Mais chucro que o Patada. Mas tão atrasado, que os colegas o chamavam de Leônidas da Selva, no lugar de Leônidas da Silva.

A substituição fôra mais como castigo, represália, pois quando Ocho Rios procurava os jogadores para o treino, achou o Leônidas num quartinho nos fundos da sede, já uniformizado da cintura para cima. Só que ele estava, digamos, confraternizando na cama com uma fã. O técnico empurrando a porta, não se impressionou com o susto do craque suado em cima da mulher e foi rápido:

—Pode continuar meu filho, mas me dá a camisa que eu estou precisando...

Numa cervejada de sexta-feira, o treinador chamou o Patada num canto:

—Prepare seu espírito que você vai jogar domingo, no lugar do Leônidas.

O craque não se conteve, gargalhou até.

—Vou preparar é a minha chanca (chuteira naquele tempo) com capricho. Passar sebo de primeira...

No mesmo dia Patada avisou toda a família, dando a boa notícia: ia estrear, domingo, no time titular. Pediu a sua mãezinha que providenciasse uma bacalhoada daquelas e convidasse os amigos mais chegados para o jantar...

O centro-avante Patada era um homem feliz, nem trabalhou naquele dia e estava a poucas horas da consagração.

Mas, sua felicidade durou pouco. Sábado mesmo, de manhã, apareceu na sede do clube um papel com a escalação. O forte barqueiro português leu e não gostou. Não estava escalado. De bronzeado ficou pálido. No momento seguinte estava possesso. Foi bater na casa do treinador Ocho Rios que dormia a sesta costumeira.

—Acabei de ver a escalação, "seu" Ocho. O senhor me barrou no papel. É verdade isso?...

O espanhol com cara de sono tentou justificar-se:

—É sim. Eu mudei de idéia. Vou deixar você para jogo contra um time pequeno...

Quase não pode concluir a frase. Patada agarrou-o pelo pescoço.

—Olha, "seu" Ocho, eu vou estrear domingo, sim senhor! Eu não pedi para ser escalado. Agora, que eu já avisei à minha mãe e ela vai fazer uma bacalhoada lá em casa e todos os meus amigos estão convidados, o senhor não vai fazer eu passar essa vergonha! Está sabendo! Vou jogar de qualquer maneira...

O técnico espanhol fingindo calma, tripudiou;

—A é, e quem vai escalar **usted**?...

O centro-avante Patada fechou a questão:

—De duas uma, pode escolher: ou eu jogo, ou o senhor morre de tanto levar pancadas.

O treinador Ocho Rios preferiu não morrer. Patada fez o gol da vitória...

A CRISE

O sem-fim assobiava na velha perobeira acima da rolinha arisca ciscando o gramado seco, junto de galinhas que socorriam pintinhos desguaritados. Um bafo quente saia da terra ressequida. De úmido só mais adiante, no pântano de juncos e tabôa. Onde se avistava o chiqueiro beirando o córrego e o farto milharal.

—Ó de casa!...

A cachorrada apareceu acuando e a voz fraca interferiu em tempo:

—Se achegue, moço! É casa de pobre mas é sua...

No pátio, onde destacava-se o mastro de São João com bandeira rota, a coruja suindara atrasada, passou raspando a cabeça do visitante que estremeceu de susto. Um pouco afastado da tapera de pau-a-pique, a criançada ranhenta pisando em patos e pintos que penetraram na horta, enquanto uma velha cansada de correr atrás de galinhas chocas e separá-las, ressabiada, descansava e espreitava no paiol.

Seguiu o muro de taipa e parte feito de bambu rachado no meio, separando a horta e o galinheiro. O recém-chegado uma vez no rancho forrado de picumãs e teias de aranha, correu os olhos pelo ambiente desolador de teto feito de lata enferrujada, um só cômodo servindo de sala quarto e cozinha. A viola com laço de fita pendente no lugar de sempre: amarrada num prego. Peças de couro e gaiolas dependuradas, enfeitando as paredes esburacadas, varas de pesca com anzol pelos cantos.

No fogão, junto do feixe de lenha seca, o café chiava nas brasas. Uma caçarola contendo virado de feijão com torresmo e acima, no fumeiro, a linguiça de porco dependurada, aguçou ainda mais o apetite do visitante. Com a fome que estava, vontade de encher um prato fundo na mesa tosca não faltava, não esperaria o segundo convite com certeza.

O que o fez em seguida...

Assim fôra um dos primeiros encontros do pescador Nário do Samburá com seu vizinho de sítio, o espanhol Ocho Rios. Pouco antes do estrangeiro iniciar seu negócio. Começar a vender sanduiche de linguiça pelas estradas de Itaquaquecetuba.

Morando miseravelmente ele não possuia acesso a quase nada. O espanhol não tinha rádio, nem lia jornal (televisão ainda não existia), mas produzia e começou a vender seus ótimos sanduiches. Deu certo. E passou a preocupar-se com a divulgação do seu negócio, colocando cartazes pela região, atingindo bairros do Pium, Merendá, Pinheirinho, Mandy, Cuiabá, Ribeiro, Perová, entre outros. Oferecendo em voz alta, o povo consumia seu produto de primeira, feito com capricho.

Seu sanduiche considerado o melhor da região atraia visitantes para a cidade. Sempre comprando o melhor pão e a melhor linguiça, as vendas aumentavam, tanto que saindo da miséria em que vivia, o espanhol reformou a casa do sítio e passou a residir melhor com a família.

Seu comércio de vento em popa ia para frente dia a dia. Devido a isso foi necessário adquirir um fogão maior para atender a grande quantidade de fregueses e cada vez mais o sanduicheiro prosperava.

Vencedor, Ocho Rios conseguiu pagar uma boa escola para seu filho. O menino cresceu e foi estudar Economia numa das melhores faculdades do país. Finalmente o filho já formado, voltou para casa e notando que o pai continuava com a vidinha de ribeirinho de sempre, teve uma conversa séria com ele.

—Pai, você não ouve rádio? Não lê os jornais? (Evidentemente o espanhol também não via televisão). Há uma grande crise no mundo! A situação do nosso país é crítica! Está tudo ruim! O Brasil vai quebrar...

Depois de ouvir as considerações do filho estudado, o pai pensou: "Bem, se meu filho estudou Economia, lê jornais e revistas especializadas, então só pode estar com a razão"...

Com medo da tal crise, o pai procurou um fornecedor de pão mais barato (e, claro pior) e começou a comprar linguiça mais em conta (que evidentemente era também ruim). Para economizar ainda mais, parou de fazer seus cartazes de propaganda nas estradas. Adoentado de preocupação, abatido pela notícia da crise, já não oferecia seu produto com tanta firmeza, força e entusiasmo. Anunciava em voz baixa...

Tomadas todas essas "providências", as vendas começaram a cair, foram se desmoronando, chegando a níveis insuportáveis. E o famoso comércio de sanduiche de linguiça do velho Ocho Rios, que antes gerava recursos até para fazer o filho estudar Economia, quebrou.

O pai, triste, então falou para o herdeiro:

—Você estava certo, meu filho, nós estamos no meio de uma grande crise...

E comentou orgulhoso com os amigos:

—Bendita a hora em que fiz meu filho estudar Economia. Ele me avisou da crise...

O TORCEDOR

A trovoada medonha chegou acompanhada de sinistro cortejo de relâmpagos e raios a iluminar o céu escuro. Não demorando para despencar chuva torrencial. De acordo com o ambiente do clube.

—Santa Bárbara!... — Implorou alguém.

Que o espanhol Ocho Rios era presidente, treinador, massagista e até roupeiro do "Liberdade", o centro-avante Patada um de seus mais valorosos craques e Samexuga, seu maior torcedor, todos sabiam. Só que depois daquela ameaça de surra monstruosa no Arujá, o bugre optou por ter auxiliar técnico pouco convencional:

um revólver 38 Schmith & Wesson. Que passou a carregar em todos os jogos...

Na bola ou na bala, passou a protagonizar façanhas inimagináveis no futebol amador da região. Quando o jogo era importante demais, ele enviava um aviso para que o árbitro não se atrevesse a prejudicar seu time. A seu mando, um garoto invadia o campo com enorme saco de estopa, contendo dentro um gato morto que jogava aos pés do juiz. As vezes três. Quando tinha bandeirinhas, o número de gatos aumentava...

Um juiz famoso que veio da capital, só conseguiu entender o exato significado das bravatas do bugre, ao apitar um pênalte contra o "Liberdade". O time da casa jogava contra o "União Primavera". Aos 45 minutos do segundo tempo, o jogo empatado, houve uma confusão na área e o árbitro marcou falta. Esbaforido Samexuga entrou em campo aos berros e de revólver em punho. Gritou avisando:

—O que você marcou, seu maldito, safado?

—Marquei pênalte..

Arriscou o trêmulo juiz.

O bugre apontou o 38 para a bola e a mandou pelos ares com certeiro tiro.

—Carái! O que foi mesmo que você marcou?

Manda quem pode e obedece quem tem juizo.

Prudentemente o árbitro resolveu mudar de idéia:

—Marquei falta técnica contra o "União Primavera"...

Respondeu.

O jogo terminou empatado e o juiz pôde ir embora para casa, são e salvo...

A SUPERSTIÇÃO

No melancólico cair da tarde, bacuraus ruidosos, cruzavam os ares tentando abafar o som do machado cantando no tronco da mulateira. E a chuvinha fria que caia sobre as alvas casas de telhados vermelhos da velha praça padre João Álvares, de mais de quatrocentos anos e da igreja também seiscentista de Nossa Senhora da Ajuda, em Itaquá, incomodava bastante.

Descendo a ladeira até atingir o rio de margens no formato de barrancos íngremes, trançados de cipós e espinhos protegiam lagartos e ariranhas. Estendendo-se por vasto capim-catingueiro a perder de vista.

O remanso e finalmente um resto de praia. Onde ficava o rancho, parede esburacada, de adobe barreada e caiada, e quintal alinhado por morões por onde subiam a batata e o cará. A área reservada para os temperos: coentro, salsa, cebolinha-verde, pimenta malagueta. No terreiro folhas secas, tocos e pedras. No alpendre onde estavam dependuradas armas, sapiquás e eram rezadas as ladainhas com pedidos para São Jerônimo, um vulto repousava na cadeira de balanço.

Durante o dia tudo andava bem. Bastou escurecer, com a vista turva, cabeça desarranjada pelo álcool, só murmurava, comovido, por entre couros de bichos no formato de tapetes esparramados pelo chão de terra socada. Os locais de dormir: a rede ou o jirau coberto de couro. O oratório, o armarinho contendo panelas de ferro, pratos e talheres de má qualidade. Na mesa, potes de barro e porungos contendo água. E o feixe das tradicionais ervas salvadoras: jambeiro, jatobá, erva-cidreira, chapéu-de-couro, camomila.

No cérebro doentio, alterado, enfraquecido, além de uma tal Cobra-dormideira, toda negra, cujo roncar durante o sono se ouvia ao longe, do Pinheirinho ao Merendá, havia também outros mitos. Vários vampiros. O Lobisomem, o Saci-pererê, negrinho de uma perna só, de cachimbo e barrete vermelho e a Mula-sem-cabeça que aos coices ia eliminando os infelizes que encontrava. Monstros de afiadas unhas, assombrações tenebrosas, duendes das florestas, lendas e mitos indígenas intermináveis, atrás dos descuidados...

A Porca-dos-sete-leitões, que afirmava ter sido uma bela mulher itaquaquecetubense com seus filhos, transformados por vingança de um feiticeiro. Agora vagavam pelas matas, soltando fogo pelos olhos, nariz e boca.

Uma outra, mulher fascinante: a Loira, sensualmente maravilhosa, que nas noites de sexta-feira dançando nua atraia os homens que se atrevessem a sair de casa, quando os relâmpagos anunciavam tempestade.

Fascinados, eles corriam atrás da bela imagem que transformada em caveira os devorava...

De quando em quando, vagava a alma do paulista Padre Aranha. Assombração de rancho de encruzilhada a assustar tropeiros vadios. De repente, quando menos se esperava, surgia o religioso Aranha surrando os desocupados com grossas correias.

Até os bandeirantes tinham deixados suas assombrações em Itaquaquecetuba, que ali pousavam no meio de suas caminhadas. A Canoa-fantasma, era uma delas, que ia recolhendo a alma daqueles que morriam afogados. Representava os andejos paulistas que queriam saber notícias dos parentes e mesmo procurar tesouros perdidos...

O Caboclo-dágua rondava as margens do rio Tietê. Musculoso, cor de cobre, rápido nos movimentos, sempre enfezado assombrava, virava barcos e matava.

Na praça principal, no "Jardim", fazia ponto o Papa-figo. Um negro velho, sujo, vestido de andrajos, cuja especialização era atrair crianças para depois comer-lhes o fígado. Encontrado também nas saídas das escolas...

A Cuca, sugava o sangue das crianças não batizadas.

O Bicho-papão, correspondia ao masculino da cuca. Toda mãe da Capela, desde tempos imemoriais entoava para embalar seus bebês:

—Sai, bicho-papão,
De cima do telhado,
Deixa o menino,
Dormir sossegado...

O morador do rancho, o espanhol Ocho Rios assustado com o barulho insistente de bater de óssos e gritos que achava ser de antigos escravos culpados arrastando ferros, abandonou a cadeira de balanço e chamou para perto de si a companheira Veva.

—**Escucha**! São criancinhas sem batismo que choram na hora da meia noite!...

A mulher pediu para o espanhol tapar os ouvidos e dormir, mas ele insistiu, orando para Pai Sumé.

—**Oiga**! São moedas tilintando...Pode ser o Lobisomem querendo atacar em noite de lua cheia...

La fora, vindo da farra, o pescador Samburá, como de hábito fantasiado com pele de bode preto, focinho comprido, mantendo-se a uma certa distância deixava-se ver propositadamente. Visto pela fresta da parede mais parecia um macaco de pé, atirando pedras no telhado. Além de proferir tenebrosos berros e urros, a fim de apavorar ainda mais o amigo supersticioso, galopava em torno do rancho, como Cavalo-das-almas recolhendo pelo caminho os mortos mais recentes.

O espanhol acreditava piamente que as almas iam embora na garupa do animal, tanto quanto estava ficando maluco. Na mesma tarde discutira com o vizinho:

—Não aguento mais! Se você não parar de ensaiar com essa tuba maldita e enervante, eu fico louco...

E ouviu do Samburá:

—Creio que é tarde demais. Eu parei de tocar há uma semana...

A PRIMAVERA

Como névoa tênue, as brumas atingiam a superfície do rio Tietê de águas escuras e revoltosas naquele trecho. Até que o sol despontou trazendo calor e alegria deixando nas plantas os verdes mais vivos, brilhantes, da flora tão rica em espécies. Abriam a caliandra, a verbena, a orquídea-sapatinho...

Completando o espetáculo, ipês produziam nos galhos nús espetaculares florações amarelas, brancas, roxas. Hibiscos e quaresmeiras floreciam como jóias brotando de seus galhos. Andorinhas trinando quase parando no ar em vôo sereno, enquanto o gavião a espreita guinchava na mata de viçosa vegetação sombreira de madeiras nobres. Bosque de enormes itaúbas e palmeiras; de caranã e jupati, que forneciam fibras, ubucu e ubim, que davam as palhas.

Tanta claridade acabou despertando a cobra papa-ovo que dormia enrolada...

Mal encostou a embarcação, o pescador saltara em terra. Quando uma moradora da beira do Tietê varria como se fosse lixo, espetacular tapete de flores douradas que caiam da sibipiruna, na frente do seu rancho...

Samburá ia levar sua namorada Tóki até os sítios dos japoneses Matsimura, Miiazaki, Sedoguti, Yoshimura e Shinoda, que dedicavam-se a plantas exóticas para ornamentações, criação de peixes coloridos e granjas simplesmente.

Na entrada de um deles, já mostrava o jardim que viria. O caminho era margeado por cravos, gladíolos, hortências e magnólias. Agapantos, angélicas, alamandas, dálias e bela-emílias.

Caminhavam em gramados entre cercas-vivas, protegidos por árvores e arbustos, num jardim do céu, esbarrando e pisando em jóias vegetais. A japonesa Tóki jamais vira algo igual. Fascinada pela deslumbrante beleza da paisagem não sabia o que mais admirar. E a exposição prosseguia: copos-de-leite, dálias, bocas-de-leão, esporinhas, estrelítzias, lírios, mil-folhas, capuchinhas, castanhas-de-macaco, miosótis, bauínias e campânulas...

No pátio principal, homens e mulheres cuidavam de usar o importante adubo químico nos canteiros. Limpavam, tirando da terra os bulbos de plantas que secaram, fazendo mudas de galhos de azaléias e eliminando os secos. Mexiam em canteiros, transplantando e preparando vasos. Faziam estacas de folhas de begônias e violetas, brincos-de-princesa, gerânios. Providenciavam enxertos em roseiras.

A visitante Tóki não resistindo só olhar para a acácia-mimosa e o amor-agarradinho, falando no mesmo idioma da colônia resolveu ajudar, mexer nas plantas. Iniciando na divisão das touceiras, cuidando de fazer mudas de galhos do comigo-ninguém-pode. Em seguida separando cravinas, crisântemos, petúnias, ciclâmens.

E ainda tinham esperando, as camélias, as zínias, as clínias e as eritrinas. Os jasmins, os buquês-de-noiva, as íris, as açafates, as prímulas, as sálvias, os bicos-de-papagaio e as flores-de-maio...

Visitaram as alas dos grandes e médios arvoredos floridos e das plantações rasteiras, como belo festival da natureza. Guapuruvus, paus-de-tucano, manacás-da-serra, paus-ferro, paineiras, tipuanas, quaresmeiras roxas e amarelas. Espalhadas por todos os lados, margaridas, cinerárias, anêmonas, ageratos, capuchinhas, saudades.

A primavera deixava o amor mais lindo. Na saída, após as despedidas em japonês e português, o galanteador Samburá e modesto pescador, diante de tanta maravilha, só pôde comprar um vasinho de amor-perfeito para sua amada. E olhando para o horizonte encerrou à sua maneira:

—Por que o céu é azul?

—Não sei. Não tenho a menor idéia.

Respondeu a jovem.

—Porque Deus é homem, senão seria cor-de-rosa...

Concluiu Nário do Samburá.

A namorada japonesa entregue em casa, despediram-se com cachorros latindo ao longe interrompendo o silêncio e antes da hora em que as corujas iniciavam piar loucamente...

A EXCURSÃO

O dia, esplêndido. De sol magnifico e ar suave. Sensação de paz absoluta, com a aragem mansa indo levemente de encontro ao sussurro das águas calmas do Tietê. Parecia que tudo estava imóvel. Nem uma folha sequer balançava...

Num instante, o silêncio foi quebrado com os primeiros acordes da banda. Os músicos cansados de ensaiar o hino da Festa do Divino Espírito Santo, tocavam canções mais amenas, como "Erva mimosa do campo" e "Busco a campina serena".

O barulho aumentou com a vinda dos pertences da feijoada que preparavam com bastante antecedência. O feijão, o paio, a linguiça, o pé e a orelha de porco, o arroz, a couve, a farofa. Não faltando sobremesa: doce-de-côco e pão-de-ló. Cachaça a vontade.

A zueira geral completou com a chegada dos componentes do esquadrão do "Liberdade", socando as travas das chuteiras no assoalho da sede do clube. E já discutindo:

—Sem vergonha é você, seu pulha perebento, pestilento!...

—Desaforado! Vou amassar seu focinho, filho de uma égua!...

Apartando a ameaça de briga, cara fechada, voz de trovão, o técnico Filogônio Ocho Rios passou a dar as últimas instruções, na tão programada excursão do "Liberdade". A feijoada era para o dia seguinte a noite, mas os craques pareciam não querer deixar a sede, vendo tanta fartura de comida e bebida, já ali exposta.

Enrolaram demais para sair de Itaquá, para apenas 90 minutos de decepção...

Encerrado o jogo o time seguiu rapidamente para o hotel (só pensavam na feijoada da volta), onde ficou pouco tempo. Acertada a conta, chegou a hora de tomar a condução e a confusão foi formada.

—Lamentamos muito mas temos que fazer revista. Infelizmente uma cortina foi roubada!...

Gritou o gerente, decepcionado com o time.

Ocho Rios na condição de presidente e treinador virou bicho. Respondeu aos berros, que não admitia que se levantasse qualquer dúvida sobre a honradez da sua equipe.

--No “Liberdade” **solamente hay** gente decente!...

Esbravejava o dirigente Ocho Rios chegando a xingar o gerente do hotel. Mandou o esquadrão que entrasse na condução e saiu se queixando:

--Olha só a cara deles. Vê se **es possible** imaginar um **hombre** desses furtando uma cortina...

Retirou seus jogadores e deixou o gerente falando sozinho. Continuando na viagem, praguejando enfurecido em portunhol, até exigindo uma reparação. O goleiro Pipoca ainda pôs lenha na fogueira atiçando o cartola.

—O senhor devia era processar esse hotelzinho de merda, essa espelunca...

—Carái! É isso mesmo...

Reforçou o único componente da torcida: o bugre Samexuga.

Nada porém, como a alegria de voltar para casa. Cura qualquer um de pequenos transtornos morais. Ao desembarcar em Itaquaquecetuba, o time já nem se lembrava do agravo sofrido na porta do hotel. Uma humilhação...

Passaram-se dois meses. O time de Itaquá sempre solícito, embarca para mais uma excursão.

—Estão todos aqui?...

Pergunta alguém encarregado do embarque. Quem? Mais uma vez, o faz tudo espanhol Ocho Rios.

Só faltava um. O enfesado centro avante português, o Patada. Que mal acabaram de falar nele, apareceu envergando um paletó de fartas ombreiras. Daqueles impossíveis de não parar para olhar. Bege, recheado de flores cor de chocolate, como belo pano de cortina. Uma extravagância feita sob medida.

Os outros jogadores entreolharam-se. Todos reconheceram o tecido do paletó. Patada, musculoso como era, mau humorado, violento e briguento, seguiu em frente. Ninguém ousaria falar nada. Nem esboçar leve brincadeira. O center-alfo Repolho, iniciou e parou logo.

Baixou no time, pesada cortina de silêncio...

Pior foi na hora do jogo. De vida ou morte dos dois rivais: "Liberdade" e "União Primavera". Zero a zero, o centro-avante Patada, artilheiro do time da Capela, recebendo passe do Repolho, arranca em fulminante contra ataque. Vai sozinho com a bola e entra na área.

—Só não faz o gol se não quiser.

Comenta Ocho Rios para Samexuga.

De repente, o centro-avante português encurta a passada. Olha para o gol. O goleiro adversário, o poderoso Beira-Dágua está lá, plantadão.

—Vem em mim!...

Diz entredentes o artilheiro, de cabeça baixa, mas o suficiente para o goleiro ouvir.

—Vem em mim!...

Beira-Dágua, nada. Imóvel estava, imóvel ficou.

—Vem em mim!...

Repetia o centro-avante Patada, desesperado.

—Vem em mim, raios, que eu estou vendido!...

—Não posso...

Respondeu também cochichando o goleiro Beira-Dágua.

—Não posso, porque estou comprado!...

O ABUSADO

Sob a luz causticante do sol no mandiocal que se alastrava beirando a mataria alta de sapupiras e acapus, o tropeiro, na mula marchadeira por entre burros xucros transportando jacás de milho, gritava mais do que cantava. Desafinava com muito entusiasmo, a canção que de tão antiga ninguém mais conhecia o autor:

—Morena, minha morena.
Meu anjo de perdição...
Tu tens a flor que envenena,
Nesse teu peito sem pena,
Que mata o meu coração...

Procurava um rezador e curandeiro afamado, tal de Nhô Gereba, atrás de suas infalíveis mézinhas e garrafadas. O homem trabalhava com caruru-azedo, cardo-santo, carapiá e outros abençoados vegetais curativos.

Virara a Capela de cabo a rabo, da Ponte Velha a Cruz Preta, atrás do homem imprevisível. Que tanto poderia ter ido dançar catira no Pinheirinho, como no centro, em busca de chumbo e pólvora. Passou na "venda" do João Barbosa de Moraes, no antigo bairro do Campo da Venda, com curiangos erguendo vôo diante das canelas dos animais carregados. Subira a Ladeira da Ponte, sem antes apear no estabelecimento comercial do Carlos Barbosa da Silva e nada.

No "Jardim", procurou a padaria do Gregório Sussur e não encontrou quem procurava. Na loja do Elias Turco, a mesma coisa, ninguém o tinha visto. No armazem do Vitório Deliberato, nova decepção, mais para a frente com motucas ferretoando orelhas de montador e montaria, alcançou o armarinho do Joaquim Gonçalves e ninguém vira o homem passar.

No fim a informação mais precisa: o curandeiro não fôra para o centro. Ligeiro como corruira do brejo, batia o campo atrás de tatus. Campo, mas que campo, afinal, Itaquaquecetuba, a Capela, era enorme...

Na busca incessante, o tropeiro Atanasião Espalha-Macho, conhecido valentão da região. Sangue ruim chegado em aguardente e numa encrenca, respeitado pelo seu gênio de cão, de não levar desaforo para casa, suado de corpo inteiro, assustava. Todos que o conheciam e encontravam, tremendo não vacilavam em fazer o "Pelo Sinal". Só que o homem mulambento, de voz cavernosa e macabra, teve a infelicidade de cruzar no caminho com Samburá. E solicitar informação.

Pediu e não agradeceu o pau comeu.

Nário que já conhecia o conterrâneo, pôs no chão o pequeno cesto que lhe dava o nome e foi fundo:

—Por favor e obrigado, são de lei! Ao menos seja educado, não sou seu empregado...

Citou educação a quem o peão votava ódio felino. E espantado com a ousadia, desesperou-se, a ponto de tomar ares de vulto de capeta. Seu olhar gelou e a pele avermelhou. O cabelo repartido no alto da cabeça dividindo exatamente ao meio, arrepiou, como ficando à ventania. O homem transformou-se, em algo mais feio que espantalho de arrosal. Nervoso e alegando não ser dali, a figura desengonçada e sinistra jogou no chão o chapéu esfiapado, estragado por sol e chuva, ameaçou descer do animal de reio na mão.

O canto da boca tremeu, passou a mão pelo vasto bigode, levando até a barba crescida. E esticando os músculos, berrou como um possesso disposto a tudo.

—Sou o famoso Atanasião Espalha-Macho, de Poá: tronco de amarrar onça, seu atrevido! E não posso ser destratado por pé-de-pau qualquer, muito menos por filhote de jacaré com cobra-dágua, do seu tipo! Quem deve desculpas é você, infeliz! Vamos, desembucha logo zé-mané, filho de uma ronca e fuça, antes que seja tarde!...

Samburá fitou-o corajosamente e não hesitou. Com ares de galo-de-briga, disparou com voz zombeteira:

—De Poá coisa nenhuma! Aqui quando nasce uma criança do sexo masculino, a parteira escreve no pintinho: Itaquaquecetuba. Seu problema foi espaço. Era pequeno e por isso ela mandou registrar no cartório de lá...

A ousadia estragou ainda mais o dia e desarmou a valentia do itaquaquecetubense registrado pela parteira em Poá, numa emergência. Indivíduo revoltado, rude, briguento e arruaceiro ao extremo. Afamado pau-de-amansar-doido. "Pequeno" como um guarda-roupa aberto e "magrinho" como um cofre, bufou de ódio. O homem babou na camisa de chita amarela e até no lenço vermelho cruzando o peito. Atanasião Espalha-Macho que não comia mel comia abelha, mascando fumo, cuspiu fogo...

O carrancudo, raivoso cortou com um dedo o barbante grosso que trazia amarrado no pulso, para lembrá-lo de alguma coisa. O valentão azedo, dado a bater com a tala do "rabo-de-tatu" (chicote) para experimentar o inimigo, se o infeliz engrossasse, apanhava com a argola do cabo, espumando pela boca, encolheu-se todo.

Meteu a espora na mula, disparando ladeira abaixo, aquele que entrara cantarolando e às gargalhadas, na cidade e saia resmungando, com lágrimas de ódio. Disposto a se achasse o rezador, macumbeiro ou o que fosse, em primeiro lugar ia pedir que ele fizesse uma "oração-do-sapo-seco", afim de "derrubar" aquele abusado. O insolente pescador Samburá que o desafiara.

O dia morria lento e ameaçava cair silêncio profundo. De ruído só o canto do sabiá-póca saindo do ninho que fizera no fundo da caveira de boi, e o monjolo batendo ao longe. Logo, o luar começaria a branquear tudo novamente, como dia, e o rio Tietê correndo manso e límpido, se transformaria num caudal de prata.

Surpreso com a audácia e desorientado, o tropeiro indiferente à bela paisagem que o rodeava, prosseguia inconformado e resmungando, pelo segredo revelado. Levantando poeira da estrada...

A ENCHENTE

Na madrugada garoenta não havia bandos de garças passando como revoada de paina alvíssima, de costume. Nem aglomerado das simples pombas juritis. Apenas barulhentas baitacas parecendo querer anunciar o dilúvio.

E na cheia do profundo e agitado Tietê todos sabiam como o ambiente mostrava-se assustador, com a mata lavada e encharcada pelo aguaceiro contínuo. O lençol de água parecia precipitar-se num abismo. Quebrando sobre pedras, enrodilhando-se nas corredeiras fervilhando em espumas...

Nas margens sem os costumeiros inhambus e macucos, faltava também o sol para dourar as poucas casas humildes e os moradores preocupados.

De repente o dilúvio anunciado chegou. Estalavam trovões metralhando os ares na fúria da tempestade retumbante. Cruzavam relâmpagos fuzilando, espalhando luz azulada que ofuscava. Num horrendo cenário parecendo que o mundo ia desabar...

E rapidamente veio a cheia feroz. Na várzea alagada não se andava, navegava. Tudo devia ser feito através de barcos. No rancho do Samexuga, afobado por entre bugigangas, espelhos, missangas e quinquilharias; foices, enxadas, pás, enxadões, o bugre chutou o amarrado de cipó-são-joão e pegou o chicote:

—Carái! Se a água atingir o monjolo e o chiqueiro, vou meter o "rabo-de-tatu" em alguém...

Tirou a ferradura de sete furos que dependurada na porta, parecia não estar dando a sorte desejada. Como sempre nervoso, falava sozinho já que a companheira a Zefa Caiana, blusa de algodão, gasta e saia de chita, muito usada, além de poído chale na cabeça, não estava nem aí para o que o homem dizia. Mexia num cesto de batata cará. Preocupava-se isso sim com o bezerro preso no mangueirão. Muito menos o cão "Guaiaba", se manifestava com simples abanar de rabo...

Lastimou-se:

—Logo esta noite que ia haver reza na praça. Feita por padre de fora, com terço, ladainha das boas e tudo mais...

Chutou a lamparina e apalpando no escuro saiu dando cabeçadas a procura da companheira. Que parecia ausente, mente afastada do que o bugre dizia.

Acercou-se do bau-de-ervas para separar remédios vegetais caseiros, remexendo em erva-de-santa maria, quebra-pedra, espinheira-santa, serralha-brava, picão, pata-de-vaca. Plantas e sementes.

Não obtendo atenção nem resposta, sentou-se num pau roliço que servia de banco junto do pilão de socar canjica entre grãos de milho e palhas, varas de pescar no lagoão debaixo da árvore ramalhuda, velha conhecida. Arreios e cabrestos. Cangas e canzis.

Samexuga era o retrato da galinha de penas molhadas, encorujada no vão da cerca. Impaciente levantou-se, depois de tropeçar na cabaça com mel-de-bojui e atropelar o frango que fugindo da chuva invadira a casa e beliscava resto de alfafa. Feriu a canela, e por certo não era aquilo que procurava.

Sentindo fome pôs-se a fritar linguiça jogando dois ovos em cima. Molhou o pão. Pegou a caneca de lata sem asa e bebeu o café ralo em rápidos goles.

Novamente colocou-se de prontidão, o dono do espírito inquieto e andejo falando sozinho, zumbindo feito varejeira. Como alma penada deu umas voltas no mesmo lugar, deixando no degrau o barro da bota e o rastro sujo por onde passava.

Vagava atordoado tal e qual cavalo de mascate parando de porta em porta, enroscando feito mula de bêbado sem rumo. Palha atrás da orelha, colocou o toco de fumo na mão e passou a picá-lo. Num instante o "paiero" estava pronto. Aceso, segurou o fósforo e acompanhou com o olhar a espiral de fumaça pensando no que iria fazer...

Com a violenta chuva caindo no telhado frágil do rancho de poucas paredes de tijolo, assim mesmo, sem reboco, acompanhada de raios e trovões, parecia ouvir novamente os mesmos cantos e assobios, os guinchos e grasnidos estranhos. O som de sinistro batuque ao longe, das noites de assombração.

Foi ao quartinho dos fundos onde guardava restos de charrete, que ele ainda chamava de "aranha". E largou o corpo em cima da cama que não passava de malacabado girau. Duas tábuas sobre cavaletes, com pelegos jogados em cima. Duro e o mesmo que deitar-se sobre capim úmido. Esticou o pé e derrubou antiga bengala que sua avó usava. No ato veio à mente todo o passado dela.

Uma escrava-índia de pernas cambaias, que certo dia deixando panelas, caçarolas e chaleiras por ferver, abandonando o cheiro de feijão com carne seca vindo da cozinha e estando lavando roupa no ribeirão cercado de guanxuma e capim barba-de-bode, achou um valioso diamante. Preciosidade, que fiel, imediatamente, assustando codornas que levantavam vôo à sua passagem, levou ao seu senhor.

Apesar do presente de valor muitas vezes o preço da escrava, o sovina proprietário não lhe deu liberdade. Naquele dia, nem nunca mais...

O bugre puxou o urinól debaixo da cama e no urinar ficou resumida toda a sua decadência física. Nos bons tempos rachava ao meio pedra de gelo com o jato. No momento, não empurrava nem bolinha de naftalina.

Raivoso, concentrou todo o seu ódio, pensando no coronel escravocrata dono da sua avó:

—Carái! Se pego hoje esse muquirana ...

A MACUMBA

A tarde descambava serenamente. Sem vento um garoto insistia inutilmente em empinar papagaio. Só o solitário papa-mosca em rápido movimento, levantou vôo. Tomando rumo certo, ao ouvir as badaladas da Ave Maria, do sino da igreja de Nossa Senhora da Ajuda. Na descida, da Ladeira da Ponte, sob o brilho colorido e explendoroso do arco-iris, uma planície coberta de arbustos se estendia a perder de vista.

Na sede do "Liberdade", entravam flauta, violão, cavaquinho, cuica, um pandeiro e mais de trinta homens na bateria. Batiam colheres umas contra outras, raspavam o pente a guisa de reco-reco, malhavam latas-de-lixo, caixotes e o que mais podiam...

—Sem batucada, o churrasco não está com nada!...

Reclamava o centro-avante Patada.

Gargalhadas, gritos e ecos além de muita pinga. Desta vez era churrasco no lugar da tradicional feijoada. E carne na brasa, os tambores prometiam infernizar até de madrugada.

Um presidente do time procurava a Dona Doninha, conhecida mãe-de-santo, enquanto andava três meses de bengala por ordem dela, sem ter nada na perna. Outro acreditava no Caboclo Guaporé, afamado pai-de-santo, que insistia para que o clube mudasse de cor da camisa. E aqueles que faziam trabalhos espirituais, juntos, reclamavam que os pagamentos dos clubes estavam atrasados. Acumulando juros e correção monetária...

O presidente do "Liberdade", o espanhol Ocho Rios apavorado, exigiu que se liquidasse a fatura com o Caboclo Guaporé o mais rápido possível, porque importante jogo estava se aproximando. O mesmo fez a diretoria do "União Primavera", que assustada com ameaças do além, resolveu também quitar seu débito.

Mas ambos exigiam que seus assessores espirituais, fizessem mais pelos clubes, dedicassem a fundo, acompanhando-os nos jogos futuros. Pelo menos nos principais. Acertados os acordos o primeiro a levar uns tapas foi o Ocho Rios porque tinha "coisa encostada".

—Será vingança por causa da dívida com o pai Guaporé?...

Estranhou o espanhol, atento no clássico "Liberdade" versus "União Primavera".

E safanões sobraram também para o bugre, que vivia acompanhando o amigo por toda parte.

Não reclamou muito. O de praxe:

—Carái!...

Que além de gripado teve de ir, noite a fora, até uma praia da Bertioga tomar um banho de mar, a fim de espantar o azar. Sem dormir direito, com palidez acentuada e grandes olheiras, o bugre "carregado" do jeito que estava, era quem atrapalhava o time, garantiu Caboclo Guaporé mexendo em sal grosso, arruda e aroeira.

Pior foi a "lição de moral". O bruxo xingou o bugre com todos os nomes feios que conhecia, para "descarregar". E Samexuga que não havia bebido ainda, ouviu a ofensa em silêncio. Fez apenas uma observação:

—Sorte, moço, que o senhor disse tudo isso para mim, que sou educado. Se fosse com o meu irmão que é grosseiro e estourado, ele mandava o senhor para a puta que o pariu!...

Na empreitada, sobrou para o espanhol que estava junto. Foi obrigado a fumar enorme charuto, além de tomar cachaça em excesso. Voltaram, um em quase coma alcóolico e outro, por não ser chegado em água, com ameaça de pneumonia que quase complicou sua vida...

No outro time, as coisas correram mais ou menos parecidas. Com a diferença de que no lado do "Liberdade", o jogo estava ganho — segundo o Caboclo Guaporé — pois representados por bonecos, três atacantes principais do "União Primavera", o meia ponta-de-lança, o meia-construtor e o centro-avante, estavam "amarrados". Só que o pai-de-santo não se preocupou em "amarrar", um adversário insignificante. O ponta-esquerda Perninha Santa, que em dia inspirado, acabou com o jogo...

Mas a coisa não parou por aí. Misteriosamente o paletó-cortina do centro-avante Patada, feito pela tesoura de alfaiate meia-roda, de quarta ordem, foi achado queimado. Para desespero do português, alegando que só podia ser "coisa feita", por inveja e despeito.

No burburinho do abafado vestiário, cheirando a meia usada e pão com mortadela, tinha um jogador do segundo quadro, o Bacuráu, cantador de modinhas e pai-de-santo amador, de linha contrária, que logo desenhou com carvão, um círculo no chão e olhou para o bruxo.

A mando dele, a parelha de beques de espera: Caruncho e Beronha, mais o avante Patada, colocaram o Caboclo Guaporé na roda, sob a alegação de que ele sim, estava com "encosto" e mandaram ver. A turma toda aderiu. Rapaziada parruda da roça, craques da pá, enxada e machado, alguns com físicos desenvolvidos nos exercícios da extração de areia e pedra do Tietê, desde pequenos, que deram-lhe os maiores tabefes e safanões.

Acossado na sede, cambaleando e liso como leitão ensebado, o pai-de-santo ainda conseguiu escapar dos jogadores, mas acabou, lá fora, perseguido pela enfurecida torcida do "Liberdade". Que incentivada pelo bugre e o espanhol, vibrava até cabo de guarda-chuva. Fugindo mais uma vez, estabeleceu verdadeiro recorde. Pulou um muro que até hoje ninguém consegue admitir que alguém possa tê-lo feito. Apavorado, o baixinho e gordinho macumbeiro conseguiu a proeza, tamanho era seu medo de ser alcançado e da segunda surra que levaria.

Só de longe, chegando nas chácaras e sítios dos arredores, carregando ainda defumadores nos bolsos, foi que se atreveu a olhar para trás. Quando o sol ainda dourava as torres da igreja de Nossa Senhora da Ajuda...

O CIRCO

Os sapos principiaram o vozerio, quando a noite estava mais formosa. Na hora em que a lua subia clara, grande, redonda. Trabalhadores não mais debulhavam milho na roça, nem cavalos bufando de narinas escancaradas, sacudindo a clina e relinchando, aceleravam o passo no poder do chicote...

O circo chegando em Itaquá anunciava o herói que encantava multidões. Um tal Capitão Valtan. Demolidor de todos os fascínoras da Terra, acompanhado da sua querida Silvânia, mas na verdade a companhia de espetáculos era tão mambembe que não tinha extras. Foi preciso convocar alguns moradores para reforçar o elenco.

Gente disposta a suportar socos, muquetas e sopapos, em nome da lei, foi convocada às pressas. Com um porém, não podia ser muito forte. Evitavam trabalhador de cais de porto, lutador profissional, halterofilista etc. Tinham experiência no circo.

—Pessoas de muito músculo e pouco cérebro, no auge do entusiasmo, esquecem a fantasia e vem com tudo, loucos para vencer o herói.

Comentou o galã.

E este, antes de ir para o palco por via das dúvidas, "dava um pau" num extra qualquer, a fim de aquecer os músculos e criar moral. Tinha que impor respeito senão na hora, alguém desobediente poderia insistir em querer aparecer. Precisava garantir...

A peça apresentada mostrava o castelo de um cavernoso monarca, que cobrava altos impostos e nada de bom dava em troca. Fazia gato e sapato de seus súditos. O nauseabundo ditador tinha uma filha, pérola de pessoa, que também era atormentada pelo vilão, como toda a população do reino.

Por isso alguém que conhecia o valor do Capitão Valtan, clamou por seus préstimos. Este tomou sua nave e singrou rumo ao Reino das Trevas. Lá chegando, já foi logo metendo o braço. Enfiando pés de ouvido nos "extras metidos a besta" e penetrou no castelo, a fim de salvar a princesa Silvânia do terrível jugo paterno...

Porém a babá da princesa, uma mocréia a serviço do rei, estava atenta e quis sair no braço com o heróico Capitão Valtan. Não estava no programa tal reação, mas a mulher achou que não devia apanhar sem reagir. O que iam dizer os seus vizinhos de bairro?...

A horrenda figura do rei surgiu em defesa da mulher e foi só pena que voôu no palco. Realmente uma idéia de jerico, pois o rei acabou levando pescoções de verdade, que fizeram todos, figurantes e coadjuvantes, irem de encontro ao cenário, demolindo o que se supunha ser resistente parede de granito.

Pancadaria das grossas para delírio da platéia itaquaquecetubense, que queria a todo custo ver o bandido derrotado. O Capitão Valtan não estava inspirado, naquela noite. Além de galã era também dono do circo e tinha muita conta para pagar no banco.

Nervoso e vendo que o pessoal estava a fim de auxiliá-lo, mas entusiasmado de mais, notou também que poderia engrossar o caldo para seu lado. Não teve dúvida, continuou enchendo todo mundo de bordoadas. O rei, a babá da princesa, extras e quantos se atrevessem a aparecer na sua frente, verdadeiramente, para espanto de todos...

Até que chegou a vez do figurante, o Samexuga, já bem canaviado, aparecer em cena. Tinha tomado todas antes de pisar no palco e só foi por insistência do pescador Samburá, louco para vê-lo na fogueira. Alegando que o amigo era forte e possuia ares de artista.

O bugre de roupagem ridícula, parecia um urso vestido com pele de onça. Cara cheia, forrada de birita e louco para dar umas cacetadas em alguém. O Capitão Valtan furioso investiu contra ele, que por estar embriagado, achou que não devia apanhar. Bambeou para o lado errado e não foi atingido pelo golpe desferido pelo herói circense. Fugindo assim totalmente da marcação e da ordem que deveria ser obedecida: não reagir!

Como resposta, Samexuga cismou de revidar e acertou potente murro na testa do Capitão Valtan, o que fez a torcida gritar de entusiasmo. Dali para frente, animado pelo apoio, foi dando pontapés não deixando o galã se levantar.

—Leva mais esta, carái!...

A expressão carái significava caramba, em espanhol. Fôra trazida a princípio pelo vizinho Ocho Rios. Acabou ficando fora de uso com o tempo, mas Samexuga além de se apossar da fala, nunca mais a esqueceu.

O bugre tanto batia, como xingava no estilo antigo:

—Toma "seu" forreta, patife, biltre, pulha duma figa!...

O Capitão Valtan levava a maior surra. Do jeito que as coisas estavam caminhando, aquilo ia acabar virando "As aventuras do bugre Samexuga"...

O galã pensou rápido: "para me sair dessa, vou ter que matar esse pinguço, na porrada!" Felizmente o Capitão Valtan conseguiu levantar-se e aplicou certeira cabeçada no estômago do adversário. O bugre dobrou o corpo (vomitou até as tripas) e o herói aproveitou a vantagem para dar um golpe de judô. Só que agarrou na pele de onça que servia de única veste do bandido. O tecido estava gasto e podre.

Diante da platéia em delírio, naquela noite aconteceu o primeiro **strip-tease** masculino em Itaquaquecetuba...

O TEATRO

A noite logo chegaria para os seresteiros e o vento calmo incentivava o bate-papo na Capela. O valente homem esfregava o dedo numa figa de pau e ajeitava sua estrela de Davi presa no pescoço.

—Carái! Só não bati mais naquele merdinha de capitão, galanzinho de araque, por não estar numa noite boa. Comi umas catorze tabaranas e alguma que devia estar estragada me fez mal...

Da cachaça, nada falou. Gabava-se e queixava-se ao mesmo tempo, Samexuga sobre a passagem do circo por Itaquaquecetuba e que havia motivado alguns de seus moradores, achando ter talento para representar.

—Por que não fazermos uma casa de espetáculos, aqui? Uma espécie de teatro mambembe, já que somos todos amadores?...

Propôs o farmacêutico, cortando as bravatas do bugre. No que foi aprovado na hora. Em especial pelo Samexuga que esperava crescer no palco sua onda de violento.

—**Nadie** de dramalhão parado!...—Pediu Ocho Rios, pretendendo ser o diretor da peça.

Idéia amadurecida, ensaios realizados. Por unanimidade resolveram excluir o violento bugre Samexuga, da peça, por ele ter gostado de mais das cenas de pancadaria. Por via das dúvidas o Pipoca que era fraco, ficaria como vilão e o papel de galã, reservado para o civilizado farmacêutico que tivera a ideia de montar o teatro.

Na noite marcada para a estréia, todos a postos. Durante a abertura, a "Banda Liberdade" atacou um dobradão, com Samburá revesando com o Juca Ferreira, no baixo-tuba.

E finalmente abriram-se as cortinas. A cena inicial pedia bastante movimentação do elenco, conforme instrução do diretor estrangeiro e a platéia exigia. Para escapar do castigo que lhe estava reservado, o vilão (Pipoca) devia vir pela floresta e, ao afastar um arbusto teria de dar de cara com o herói (o farmacêutico) empunhando sua temível espada. Deveriam fazer duelo e depois sair no braço.

Mas o infame e covarde vilão, na hora H, ao avistar seu algoz, simulou um ataque e caiu morto. Única maneira que o extra Pipoca viu para não apanhar de verdade, já que nos ensaios transformou-se em armazem de pancadas. Não restou outra alternativa ao herói, senão virar-se para a platéia e sentenciar:

—Era cardíaco, este bandido!...

A ASSOMBRAÇÃO

A noite de junho ameaçava frio de geada prolongando a fumaceira do cigarro de palha. O assobio foi lúgubre acompanhado de pios estranhos, desconhecidos. O telhado parecia receber pedradas atingindo o forno coberto de latas ao lado das laranjeiras copadas. O forro estalava provocando guinchos de morcegos e ratazanas. Diante dos gemidos cavernosos e prolongados, Samexuga e a companheira Zefa Caiana (como sempre mexendo em remédios caseiros, desta vez a catuaba, que ela chamava de catinga-de-mulata) tremeram de bater o queixo. A mulher deixou a caixa vazia em que se sentava ao redor do enfumaçado lampião e dirigiu-se na direção do oratório, onde fez o "nome do padre".

Diabruras do Saci-pererê não era com certeza. Mula-sem-cabeça, o furioso animal que aos pinotes soltava fogo pelas ventas, e em cima da casa, muito menos. Era fantasma de estrada...

Parecia som de correntes arrastando algo pesado. Um bater de dentes de caveiras sem fim, acompanhado de ranger de portas mal fechadas onde até porco parecia grunhir dentro de casa. Tudo ao mesmo tempo. Algo tão horrível, como aquele maldito estalar de ossos nos ouvidos, só podia ser obra de almas do outro mundo...

—Nossa Senhora da Ajuda, valei-me!...

Gritou o bugre procurando a camomila.

—Deus Nosso Senhor Jesus Cristo olhai por nós...

Respondeu a companheira atrás do chá de erva-doce. Os dois juntos no desespero, fazendo coro:

—Louvado seja...

De tanto pavor, Zefa Caiana não sabia o que fazer nem onde ir. Rezava, arrastava o oratório, tirava do lugar a mesa, derrubando lamparinas e quadros de santos. Deixou cair o bau-de-ervas espalhando folhas, ramos e cipós. Potes contendo banha-de-galinha, gordura-de-cobra e unguentos da famácia do mato. Subiu sobre a cadeira de palha, escondeu a cabeça debaixo da toalhinha de crochê. Duas vezes pegou o cabo de guatambu e largou. Samexuga fez o mesmo com o afiado facão. Deixou até a garrucha, finalmente apelou para São Miguel Arcanjo...

Foi pior, o barulho fantasmagórico aumentou, transformou-se num pandemônio. Como desferindo prolongado gemido aterrador, que obrigou até a curruíra que fizera seu ninho num chapéu velho dependurado, acordar e voar para fora. A mulher de tanto medo desmaiara. Samexuga agarrou-se numa pequena cruz de ferro enferrujado, com uma mão e buscando o desenho de santo Emetério com moldura de latão dourado, presente da vizinha Siá Sinhana, com a outra, gritou:

—Valei-me meu Bom Jesus de Pirapora! Proteja-me dessa malígna assombração...

Pela cabeça do Samexuga, tão afetada pelo uso do álcool como a do seu amigo Ocho Rios, passava toda uma imensa galeria de folclore, monstros, mitos e fantasmas que povoavam a região. Espalhavam-se, criando estórias que mudavam conforme o contador.

O bugre em matéria de crendices e superstições diferenciava do espanhol que citava até bruxas européias, Samexuga em seus casos, jurando ser verdade, acrescentava o deus Tupã, o demônio Jurupari. O monstro Mapinguari, de pêlos negros no corpo, unhas em garra e fome insaciável. Citava Capelobo, que se alimentava de gatos recém-nascidos, Currupira ou Curupera, que não sabia bem se era anão ou índio pequeno (porque vira de certa distância) mas afirmava que tinha os pés voltados para trás, ora mantendo os cabelos vermelhos, ora de cabeça raspada...

Temia o Boitatá, uma enorme serpente de fogo que jurava morar nas águas que beirava seu rancho.

—Carái! Só pode ser coisa do demo. Espírito de gente ruim solta por aí...

Comentava assustado. Afirmando que a terrível cobra tocava fogo nos campos e saia pelo espaço feito rojão ou tocha acesa. Encontrara com ela por mais de uma vez, no Campo da Venda. E o Caboclo-dágua então, que virava embarcações com a maior facilidade? Conhecia de perto o espetáculo apavorante.

Além do que, Samexuga cansara de ver o índio guarani Angoera, outrora homenzarrão sizudo e calado guia de padres, que depois de batisado tornou-se alegre e folgazão, doido por danças e um rabo-de-saia, sapatear animadamente no seu rancho...

Durante as noites de lua cheia encontrava-se muito com o Boi-vaquim, asas e chifres de ouro metendo medo.

—Seus olhos são de diamantes. E para laçá-lo, carái, é preciso ter muita coragem...

Afirmava convicto o bugre.

—Detesto o Cresce-Míngua, aquele homem pequeno que fica junto das porteiras nas estradas e que, quando alguém se aproxima, ele aumenta de tamanho, chegando a atingir 8 metros de altura. Tem também o Pilão-de-fogo, ser errante que em labaredas percorre ruas e estradas queimando viajantes. Esse vejo sempre antes das queimadas das matas. E o Galo-depenado? Se apodera dos bens dos usurários, depois de matá-los...

O repertório do bugre era enorme. Com a alma impregnada de mistérios do sertão antigo, expunha com intimidade de pasmar e até muita desenvoltura, a Mãe-de-cabelo que assombrava crianças que urinavam na cama, passando-lhes a mão pelo sexo. Falava de Chibanga, contava coisas sobre o Quibungo, o Canhambera, o Famaleal, o Tibanaré, de feições macilentas a pedir pedaços de fumo ao entardecer. Alma penada que assobiava fininho, de fazer gelo na espinha. Citava a

Pisadeira, personagem que segundo o bugre costumava se sentar na boca do estômago de quem dormia de costas.

—Agora, gosto mesmo é da Mãe-de-ouro, aquele passarinho amarelo que quando canta esparrama ouro ao seu redor...

Isso tudo aumentava ainda mais as chances do caipira Nário do Samburá, assustá-lo durante sua passagem pelo sítio do amigo. Assim como fazia constantemente com o espanhol.

Nessa noite de milhares de pisca-piscas de vagalumes, o pescador nem precisou fantasiar-se de monstro algum. Acompanhava-o, Patada, que ao vivo e em cores já assustava, exibindo suas marcas das batalhas nos campos de futebol varzeano: nariz torto fraturado, três dentes quebrados na raiz e cicatriz funda no maxilar. Usando a mesmo par de chuteiras com travas gastas de tanto esfregar no assoalho da sede, para confundir ouvidos adversários, no outro lado, enquanto o técnico dava instruções.

Além do que, disposto a vingar-se desde o dia em que foi procurar trabalho nas terras do bugre onde aconteceu o seguinte diálogo:

—E quanto a urinar?

Indagou Samexuga.

—O que tem?...

Quis saber Patada.

—Sabe mijar caminhando? Sim, porque deixar a enxada para as necessidades físicas na beira do mato, só fora das horas de serviço da roça...

Naquela noite com vento de empinar pipa, estrelas tremendo no negror do céu, o pescador e o craque do "Liberdade", que iam a um baile de Carnaval, ganharam no grito. E na barulheira da parafernália montada de latas e paus, puxada por cordas ao longe. Por entre ipês e paus-de-tamanco.

Samexuga que dormia cedo, com as galinhas, e julgando já ser fim de noite, cabeça cheia de pensamentos malassombrados, encolhido, segurou tímida e trêmulamente a lamparina. Dessa vez sequer olhou pela fresta do barraco...

Como se não bastasse, no dia seguinte, quando urubus já traçavam preguiçosamente espirais no azul do céu, o silêncio do fim da sesta ia sendo quebrado, e ia contar sobre o estrago, a perturbação da assombração sobre o seu sono, ainda teve que aguentar a gozação do pescador, que fazia o bugre de trouxa. Foi em frente a igreja de Nossa Senhora da Ajuda, construção do tempo dos jesuitas, na praça padre João Álvares.

Iniciava uma história e esperava a reação para pegá-lo:

—Estavam dois frangos voando, aí um disse...

—Carái! Frango não diz nada e muito menos voa...

—Um caiu, realmente, mas o outro era frango-a-passarinho...

A EXPERIÊNCIA

Uma coluna de fumaça ao longe buscava o céu sem nuvens. Por entre paus de guatambus e cambuis, o orvalho caindo do limoeiro carregado pingava no chão, de espaço em espaço. E gotas cristalizadas do líquido escorriam pontilhando as tenras folhas das bananeiras. Dobrados de canários, pássaros que ali pousavam aos bandos, avivavam a solidão do local...

Nário do Samburá apesar de folgado e gozador, não era vagabundo. Ativo, no primeiro canto do galo saltava fora da cama. Além de dedicar-se à pesca, tinha criação e lavoura no sítio em que morava. Plantava roças de feijão e milho, mantendo pequeno e verdejante arrosal. Junto de guacás, frutas-de-pombo e dedaleiros.

Não era pessoa alheia aos deveres de cidadão e às manifestações populares, um arredio, pelo contrário participava de todas. Não perdia uma data festiva nem um movimento como aquele iniciado em 1943, para alegrá-lo mais. Itaquaquecetuba ainda era distrito de Mogi das Cruzes e alguns entusiasmados moradores pensando no progresso, como Hypólito Carlos Vagnotti, José Monteiro, Narciso Cunha Lobo e outros, passando a idéia para frente começaram estudar a melhor forma de emancipar a cidade. De arrecadação pequena e mesmo assim, não podendo usá-la em benefício próprio.

Foram então esses esforçados cidadãos, credenciados a instalar um sub-diretório do Partido Social Progressista, com a finalidade de através da política levar recursos à cidade, carente de tudo.

Dia marcado para a importante reunião eis o Samburá presente. De microfone em punho contando mais uma de suas histórias que nunca se sabia se reais ou inventadas. Desta vez com relação ao velho espanhol Filogônio Ocho Rios, uma de suas vítimas prediletas.

Segundo o caipira gozador, o galego quando moço tinha tido uma carreira de sucessos. Mas era acometido de uma dor de cabeça crônica que aumentava a cada ano. Quando sua saúde mental e sua vida amorosa começaram a ficar ameaçadas, o espanhol procurou auxílio médico.

Depois de perambular de um especialista para outro, finalmente descobriu um médico que prontificou-se a resolveu o problema. O que não demorou muito, após alguns exames.

—Tenho duas notícias. Qual quer ouvir primeiro?

—Qualquer uma, conte logo...

Desabafou o espanhol nervoso preocupado com a conta do médico e o resultado. E que até ali permanecia sem esperança.

—A boa é que posso curar sua dor de cabeça. A má é que isso requer sua castração. Você tem uma condição muito rara que causa o esmagamento de seus testículos contra a base da espinha. A pressão causa uma dor de cabeça insuportável. E a única maneira de diminuir a pressão é removendo os testículos!

Ocho Rios ficou chocado e deprimido. Questionou se havia algum motivo para continuar vivendo. Mas mesmo não tendo encontrado a resposta, algum tempo depois ele decidiu entrar na faca.

Quando deixou o hospital, sua cabeça estava boa mas sentiu uma sensação de vazio. Algo importante havia desaparecido. Andando pela rua percebeu que era outra pessoa mas ao mesmo tempo resolveu reagir. Deveria (e podia) recomeçar. — Vamos homem, coragem, nova vida! — Dizia para sim mesmo.

Ao passar por uma loja de roupa masculina ele pensou: É disto que preciso. Para vida nova, nada como um bom terno novo. Entrou e já foi dizendo ao vendedor:

—Gostaria de ver um terno...

O vendedor olhou e respondeu:

—Vejamos...tamanho 52 longo. Ocho Rios riu e comentou:

— Você está certo. Como conseguiu?

—É minha profissão, a longo tempo.

Respondeu o vendedor.

O espanhol experimentou o terno. Caiu-lhe feito uma luva. Enquanto Ocho Rios olhava-se no espelho, o vendedor perguntou:

—E que tal uma camisa nova?

O espanhol pensou e disse:

—Tá certo...

O vendedor olhando novamente para o freguês calculou:

—Vejamos, 42 largo.

Ocho Rios ficou surpreso. Arregalando os olhos o espanhol novamente admirou-se:

—Você mais uma vez está certo! Acertou na mosca, parabens! Como consegue?

—É minha profissão. Fruto da experiência...

Ocho Rios diante do espelho experimentava apertar o colarinho da camisa de caimento perfeito. Enquanto o vendedor "malhava";

—Que agora por que não um par de sapatos novos? temos os melhores da praça.

O espanhol não hesitou:

—Vamos lá. Manda...

Parecia querer tudo para compensar o que havia perdido...

O vendedor olhando para os pés do freguês sentenciou:

—42!

—Você está certo, "matou em cima"...

E tome as mesmas perguntas e respostas: como conseguiu? Frutos de longa experiência na profissão etc e tal.

Experimentados os sapatos, confortáveis, cairam como chinelos. Ocho Rios andou um pouco dentro da loja para confirmar a maciês do calçado em movimento. O vendedor bom de conversa aproveitou para vender-lhe um chapéu, malha, camiseta, sempre acertando tamanho só de olhar...

Por fim foi oferecido-lhe uma cueca. O espanhol aceitou e o vendedor triunfante gritou:

—42!

Ocho Rios deu uma risada.

—Desta vez você errou! Eu sempre usei 40...

O vendedor balançou a cabeça insistindo no seu certeiro ponto de vista:

—O senhor não pode usar o número 40, porque vai ficar muito apertado. Irá pressionar seus testículos contra a espinha e vai lhe dar uma puta dor de cabeça...

A FESTA

Quando a madrugada brumosa e medrosa iluminou a paisagem, a brisa fresca trouxe das matas virgens, de árvores como gigantescas sentinelas, o perfume adocicado das murtas e alecrins. Orvalhou o pasto.

Clareou barrancos úmidos repletos de avencas e samambáias rendilhadas.

No alto, bem distantes, maracanãs em bandos faziam barulho contrastando com o vôo curto, baixo e pesadão do jacu. No chão, na sombra produzida pelo ipê solitário, silêncio e pasmaceira dominavam o cenário.

Só quebrados pelos suspiros de quem em trajes domingueiros movimentava-se festivo e apreciava a morenice das portadoras de trêmulos seios redondos, rijos e biquinhos provocadores, a palpitarem comprimidos pela blusa de chita. Braços roliços, passando jingando as cadeiras fartas, à cata de galanteios e sussurros nos ouvidos.

—É hoje que vou aquecer a tuba!

Gritou de maneira dúbia diante do desfile feminino de belas formas. A frase dita entre sorriso matreiro sempre tinha duplo sentido. Nunca os amigos sabendo quando dita, se o malicioso pescador pretendia realmente ir para a aula aprender a tocar baixo-tuba, ou namorar com sua querida Tóki...

Um rojão de três bombas foi levado aos ares, arrebentando cabrestos de animais presos às cercas. E assustando a sonolenta mulher que punha o seio farto na boca da criança. Não demorou para a praça principal, o "Jardim", conservando poucas mas majestosas timburis, canjeranas, guapuruvus e capixinguis, se transformar. Passar de calmo e bem movimentado local, com apenas algumas velas tremulando no cruzeiro e o som de um violino que chegava de casa das proximidades, a mistura de ruidos sonóros que iam da catira e cateretê sapateado, a ponteado de viola e sanfona choramingando.

Animais encilhados chegando trazidos pelas rédeas e senhores em busca da tijela de café com farinha. Rapazes a pé, atrás de quentão e do fascínio das vivas e irrequietas moreninhas dengosas de seios empinados e sorriso brejeiro exibindo dentes alvos e que cativava pela faceirice nos modos. Chamando muito mais atenção, do que a falação do padre magro e pálido metido em batina negra, gasta, surrada, na igreja, a fazer o sermão em sussurros.

O religioso achando que dentro tinha pouca gente, deixou as velas tremulando no altar e chegou-se até a porta da casa paroquial, desviando-se de bancas de pipoca, algodão doce, batatas e mandiocas assadas na brasa. Chamou os fiéis que estavam dispersos e em número maior la fora.

Logo homens e mulheres ajoelharam-se na praça em frente a igreja. Paroquianos murmuravam orações como marimbondos zumbindo, misturando fé com medo, cada um cuidando da sua salvação. Esquecendo-se que os santos existem para que seus exemplos sejam seguidos, não para ficar fornecendo favores aos pedintes...

Até chegada a hora da procissão, com beato na frente, portando rosários trançados no pescoço e o vigário junto do andor. E o povo alegre em vozerio interminável acompanhando a banda musical numa marcha-dobrado. Quando atingiu o negror da noite, centenas de pessoas ainda murmurando e portando velas acesas, aparentavam um colar de brasas acordando a natureza...

No "Jardim", na praça padre João Álvares, sob o calor da cachaça entornada durante o dia todo, alguns ainda resistiam. Cantadores pinicavam suas violas, palmas estalavam e o sapateado da catira levantava poeira.

O homem bocejando de tédio, educadamente levou a mão ao chapéu e perguntou:

—O senhor é da Capela?

—Itaquá, se me faz favor...

Respondeu rispidamente o Jaimão.

—Sua graça ainda que mal pergunte...

—Quem tem graça é palhaço...

Exclamou secamente a fim de não dar prosseguimento na aproximação.

—Toma o que?...

—Eu bebo, quem toma é galinha...

Resmungou o mau-humorado e de pouca conversa, abrindo a garrafa de pinga e emendando:

—E da transparente, que faz colar. Quem gosta de leite é bezerro...

Forasteiro e encrenqueiro estavam procurando se entender...

O único boteco do "Jardim", o bar do Lourenço, fervia de gente. O Xará, o Nito Guararema, o Juca Firmino, o Nabor, o Júlio, o Virgínio de Moraes, o Fiore, trocavam idéias gesticulando muito.

Num canto do apertado recinto, Samburá que poucas horas antes tivera aula de tuba com o Juca Ferreira, que por sua vez aprendera música com o João Mestre, bebia junto de amigos. Ou melhor, suas vítimas de gozações, de sempre, o bugre Samexuga e o espanhol Ocho Rios. Atentos, os três, na conversa de um escritor, especialista em literatura regional, que fazia pesquisas sobre temas interioranos. Pretendia completar um retrato tão vivo quanto possível, da terra e da gente de Itaquaquecetuba. Presentes também o Alegria, o Waldemar Boquinha, o Mirinho e o Toninho Ferreira...

O autor de composição literária anotava tudo cuidadosamente, registrava cenas pitorescas, documentando a vida passada, da região. Abrangendo de figuras típicas à vegetação. Paisagens, moradias, alimentos prediletos, maneira de vestir. Como agiam e falavam; usos e costumes. Crenças religiosas, danças, folclore, relações sociais e até formas de atividade econômica.

Pretendia ir fundo em reminiscências, narrativas de antigos moradores. Estudioso que pacienciosamente explicava sobre a cidade, para interessados visitantes.

-- Itaquaquecetuba é localizada no Trópico de Capricórnio tendo uma altitude de 890 Ms e 955, numa longitude de 46-22, sendo a latitude: Sul, 23-30. Sua topografia é mista: plana e acidentada, estando localizada nas margens do rio Tietê, (antigo Anhembi) possuindo clima temperado com inverno seco...

Para aqueles que não estavam satisfeitos com a explanação, prosseguia:

—A cidade, distante 33 quilômetros do marco zero da Praça da Sé, na capital, possui uma área territorial de noventa e seis quilômetros quadrados, com razoável população. Poucos habitantes residindo no centro e o restante em zonas rurais...

E como alguém insistiu, quanto aos limites, foi mais longe o escritor:

—Itaquaquecetuba, Itaquá ou Capela, como preferirem, faz divisa com cinco municípios. Ao Norte com Arujá, ao Sul com Poá, a Leste com Suzano e Mogi das Cruzes e a Oeste com São Paulo. Contando com várias vias de comunicações: estradas de rodagem e ferrovia...

A festa mais popular da Capela, sem dúvida, era a "Dança da Santa Cruz", mas a que estavam animando: "Dança de São Gonçalo", mostrava-se também muito concorrida.

--São Gonçalo do Amarante,
Com a viola na mão,
Salvai o dono da casa,
Com toda a sua geração...

Os festeiros agradeceram, notadamente a mulher elegantemente vestida e cada caboclo ia fazendo seu verso.

—São Gonçalo está no altar,
Muito bem "aperparado",
Na dança de São Gonçalo,
Dança "sortero" e casado...

Com foguetório, quentão e muita animação, a noite ia passando com mulheres rezando, devotos de São Miguel Arcanjo, São Judas Tadeu, misturando-se com admiradores de Santo Onofre e São João Evangelista, São Benedito, São Brás, até entrar na roda um crioulinho decidido, conforme suas palavras, a "bagunçar o coreto".

Ao invés de cantar como era de praxe:

—São Gonçalo do Amarante,
Foi um fino violeiro,
Aceitai meu São Gonçalo,
Promessa do Juiz Festeiro...

Passou a gritar referente a mulher do festeiro que lhe devia uma certa quantia em dinheiro. Ainda apontava para ela:

—São Gonçalo do Amarante.
Era um fino "violero",
Sai daqui sua porca magra,
Fucinho de "cavadera"...

Não houve tempo nem gente, para a conclusão que seria:

—São Gonçalo do Amarante,
Nossa Senhora Bom Sucesso,
Aceitai meu São Gonçalo,
Está cumprida sua promessa...

Todos tentavam pegar o negrinho pela ofensa ao santo e a festeira, mas ele ligeiro como um corisco, derrubando taboleiros de café e bolinho, conseguiu desviar-se a tempo de apanhar. Sem antes desabafar:

—Lote de velhacos!...

Desceu a Ladeira da Ponte em disparada, com a multidão correndo atrás aos gritos, ameaças e assobios...

A EMANCIPAÇÃO

No período da seca o céu ficava rubro como sangue na hora do poente. No bosque atrás da tapera de pau-a-pique cercada de limoeiros e laranjeiras, escurecia. Morcegos voejavam, sapos batiam latas e vagalumes cruzavam o ar. Na encruzilhada, a caminho da vila entre o sapezal da chapada alta e o riacho cristalino, a "vendinha" de beira de estrada. Local preferido para os sitiantes amigos jogarem conversa fora, após terminarem os eitos.

1953, mais precisamente: 28 de outubro. No final da tarde, na semi-escuridão da xiboca de beira de estrada, o enfezado marron-pálido-esverdeado, magro, bigode ralo, bugre Samexuga, ligeiramente trêmulo, curtindo a eterna ressaca que o consumia, bateu o isqueiro. Puxou a fumaça e acertou com a unha do polegar o fogo do cigarrão. Cuspiu em gesto de descaso e dizendo-se domador de burro chucro, firmou o relho no pulso explodindo resolvido:

—Carái! Ainda esquento a bochecha desse gringo, com mania de autoridade...

Virara mamangava-de-fogo...

A noite chegou, fria e foi aumentando ainda mais a fumaceira dos "paieros" e vapores alcoólicos que tomavam conta da minúscula xiboca "Pé na lama", pela falta de assoalho. Era de terra batida, no chão mesmo. Que de tão pequena obrigava os frequentadores beberem com o pé para fora.

O bugre mau de gênio e forte de músculos, cor de cuia, derrubou um pouco de cachaça do copo, rente ao balcão.

—Para as almas...

Mesmo assim o espanhol inspetor de quarteirão, prevenido, preferia o sereno. Tanta desordem fez e tantas pancadas deu Samexuga, que o inspetor de quarteirão resolveu chamá-lo às falas. Seu erro foi tê-lo feito na frente de todos. E Ocho Rios sabia que o bugre quando bebia virava valentão, devido a isso resolveu permanecer fora da "venda", sentado à beira do fogo só espiando. Olhos fuzilantes sem responder uma ofensa sequer. Além do que, já tinham discutido por causa de uma barganha de éguas. Visivelmente nervoso, revirando o chapéu na mão, baixou a cabeça. Caprichou, afiou o mais que pode o ouvido já tapado pela idade, mas nada conseguiu. Murmurou:

--Sou "quarteirão" e vou fazer justiça com esse **gran hijo de una perra**...

O bugre encrenqueiro, cara feia e facão na cinta, macambúzio, de pé até aquela hora, resolveu sentar ajeitando-se num banquinho. Tomou novo trago da branquinha, estalou a língua e outra vez pensando nas tragadas, buscou algo. Esquecendo o toco de cigarro aceso num canto do rústico balcão, automaticamente sacou do bolso da calça a cabeça inteira de palha e passou a picar o fumo.

—Carái! Quantos me olharem de esguelha é quantos arrebento! Vão comer terra...

Gesticulando e resmungando ameaças, falou aos corcovos, língua travada, quase só para ele:

—Desembuche! Você é "quarteirão" é? Vou mostrar de que pau é a canoa...

Não chegaram a se pegar. Foram salvos a tempo pela chegada do amigo Samburá, que apaziguando foi logo gritando para todos, de dentro e fora da xiboca:

—Vamos aquecer a tuba! Vocês lembram daquela festança de 1945, com a chegada do Oscar Ferreira dos Santos, do Dante Spinelli e demais expedicionários? Pois bem, na vila tem outra grande, do mesmo tipo! Vamos lá pessoal, ânimo!...

Referia-se as festividades após o término da Segunda Guerra Mundial. Grande manifestação popular no centro, no "Jardim", em homenagem aos heróis itaquaquecetubenses que voltavam dos campos de batalha. E agora, outra nova festa prometia...

Com o bugre Samexuga se acalmando o ressabiado espanhol Ocho Rios aproximou-se, para ouvir o que Nário do Samburá tinha para dizer sobre a data que iam comemorar.

Passavam-se anos e a idéia atrás da almejada liberdade da cidade de Itaquaquecetuba prosseguia. Tempos depois, já em 1950, contando com a adesão de muitos cidadãos foi formada uma Comissão Pró Emancipação, composta pelos senhores Leolino dos Santos, tabelião que assumiu o cartório, tornando-se presidente do movimento. Mais os companheiros Domingos Milano, Hipólito Carlos Vagnotti, Amauri Ribeiro, Benedito Marcos Ribeiro, Eugênio Vitório Deliberato, Leolino Izidoro dos Santos e Leonel de Azevedo Moreira.

Nesse ínterim, Mogi das Cruzes não queria abrir mão da arrecadação dos impostos e procurava colocar embaraços nas negociações. Pela prefeitura mogiana foi negada à comissão, de documentos comprobatórios das rendas auferidas por Itaquaquecetuba, alegando que as mesmas eram insuficientes para possibilitar tal emancipação. Na época a renda-base deveria ultrapassar duzentos contos de réis, sendo provado pela comissão ser a de Itaquaquecetuba superior a quatrocentos.

Até que as exigências legais uma a uma foram xecadas. Estava o distrito auto-suficiente para sua emancipação: mil habitantes, mais de vinte quilômetros de distância da sede do município, renda de acordo com a lei, algumas indústrias já em andamento, um comércio tomando vulto, olarias, granjas, floriculturas etc.

Após muita luta finalmente o dia tão esperado pela população, chegou: 28 de outubro de 1953. O Distrito de Itaquaquecetuba conseguindo a autonomia administrativa e política, foi eleito município...

Varava a madrugada e os três amigos Samburá, Ocho Rios e Samexuga continuavam comemorando a data...

Logo depois foram providenciadas as instalações da Prefeitura e da Câmara Municipal, após ser empossado seu primeiro prefeito em janeiro de 1955, Eugênio Vitório Deliberato, que administrou até 1958.

De 1959 à 1962, Domingos Milano. De 1963 à 1966, novamente Eugênio Vitório Deliberato. De 1967 à 1969, Gentil de Moraes Passos. De 1970 à 1972, Benedito Rizzo. De 1973 à 1976, Dr. Pedro da Cunha Alburquerque Lopes. De 1977 à 1982, Benedito Barbosa de Moraes. De 1983 á 1988 Gumercindo Domingos de Lima.

De 1989 á 1990, Antônio Carlos Mendonça. De 1990 á 1992, Valdir Lopes Pereira. De 1993 á 1996, Benedito Bonfim Pereira. De 1997 á 2.000, Antônio Carlos Mendonça, quando Itaquaquecetuba passou a Comarca, através da Lei Complementar 877-2.000, de 29 de 8 de 2.000...

A primeira prefeitura, em 1955, funcionou durante alguns anos na praça padre João Álvares, depois de reformas na primeira casa de alvenaria construída no "Jardim", pertencente a Sebastião Ferreira dos Santos, um dos pioneiros da cidade. Até que foi transferida para prédio mais amplo e adequado, na Vila Virgínia, durante a gestão do prefeito Benedito Barbosa de Moraes, o "Gibi".

A brisa fresca encanando-se pelas duas ruas principais, descendo a Ladeira da Ponte, chegava ao rio. Onde águas revoltas, à luz do sol que despontava, reverberavam como vacilante espelho...

Mais uma vez Samburá pegou o bugre:

—Estavam dois caminhões voando, aí um esbarrou no outro...

—Carái! Caminhão não voa...

—Um, na verdade, despencou do ar. Mas o outro prosseguiu, porque era caminhão-pipa...

A POLÍTICA

O sol pulverizava de ouro as espessas matas de caviúnas e macaúbas. Avivando ainda mais o verde reluzente das folhagens da pujante flora, retiro da mucura e do gambá, da perdiz e do irerê. A sinfonia de cigarras mal começara o ensaio e o preá, sumiu raspando a canafístula. Obrigando a levantar vôos, assustadas tiribas e a choquinhas...

Barulho? Ruido quase nenhum. Só um baque ou outro na água, causado por fruto caindo no rio. Nada atrapalhava o mulato afamado na redondeza, cantando acocorado sua modinha:

—Viola, minha viola.
Vamos no campo chorar.
Você sabe e não me conta.
Onde meu amor está.

Chora viola sentida.
No peito de quem padece.
Só minha viola sabe.
Quem meu coração não esquece...

—O sujeito é dos bons: cada enxadada uma minhoca...

Comentou o bugre Samexuga com o amigo espanhol Ocho Rios, elogiando o cantador...

Ambos iam ao encontro de Samburá a fim de assistirem um comício político. Pretendiam observar como se comportava o candidato pois o pescador Samburá pretendia sair para vereador. O bugre Samexuga pensava em participar, mas semi-analfabeto, talvez não desse pé. Ocho Rios por ser estrangeiro ficaria de fora. Mas quem sabe esforçando-se, tentando esconder a nacionalidade, conseguiria? Pretendia também tirar uma lasquinha na vereança. Aliás, não só os três. Grande parte da população, centenas de itaquaquecetubenses sonhavam entrar na "Gaiola de Ouro", como apelidavam a Câmara de Vereadores...

A praça padre João Álvares, o "Jardim", estava repleta de homens, mulheres e crianças que assistiam a um candidato bastante agitado e nervoso. Em dado momento quando maior a euforia, para surpresa de todos ele passou a atacar seu companheiro de partido. Que minutos antes usou encantadoras palavras fazendo mirabolantes promessas, saindo muito aplaudido.

Economizando palavras e esbanjando gestos, o candidato foi franco demais:

—Pessoal! Ele falou bonito, passou a lábia em nós, mas tem uma coisa. Nem daqui ele é, e se ganhar, olha ele em nós (falava e batia com a palma de uma das mãos no polegar e no indicador da outra, fechados em zero). Em compensação, eu sou daqui e se ganhar, olha nós nele! (Falava e fechando as duas mãos, dobrando o braços, trazia vigorosamente para junto do corpo, como se estivesse puxando alguém pela cintura)...

—Se é nessa base, eu tiro de letra. Para agir assim, sei fazer melhor...—Resmungou o pescador.

Dito e feito. Dias depois já estava pelos bairros de Itaquá fazendo proselitismo partidário. Reuniu um punhado de sitiantes vizinhos para conversar:

—Camaradas! Vocês precisam saber que o comunismo é a melhor coisa do mundo...

E foi citando a Rússia e o proletariado mundial. Lá pelas tantas, interpelou um deles como se não o conhecesse, logo o bugre enfesado.

—Qual é seu nome, camarada?

—Samexuga, não sabe, não...

—Pois bem, camarada Samexuga, você vai ser aqui o líder do partido.

—Carái! E quanto é que eu vou ganhar em ser comunista?

—Muito bem: vejo que o camarada é prático. Vou explicar, fazendo perguntas. Quantas vacas tem o seu vizinho?

—Vinte vacas.

—Pois bem: se o partido Comunista vencer, você terá metade das vacas dele, dez vacas. E quantas galinhas tem o seu outro vizinho?

—Quem, o espanhol Ocho Rios? Tem dez galinhas...

—Então, dessas você terá cinco galinhas.

Samexuga ficou satisfeito com a explicação e voltou para casa eufórico:

—Mulher, nós agora vamos ser comunistas.

E passou a falar das dez vacas que ganhariam do vizinho da direita e das cinco galinhas do vizinho da esquerda.

—E os nossos vinte porcos? O que será deles?

Quis saber preocupada a companheira Zefa.

—Ah, nada. Só me falaram de vacas e galinhas...

Dias depois já estava novamente o esperto Samburá em ação. Desta vez subindo no palanque. Transbordando de ênfase expôs o seu programa e cheio de si argumentou:

—Minha vitória é certa, mas para ter certeza absoluta eu ainda preciso de uma confirmação final...

E convidou todos que estavam na praça, que entrassem na igreja Nossa Senhora da Ajuda. Lotada, ele perguntou solenemente para um santo no altar:

—Eu serei o melhor vereador?

O público emudeceu à espera da "resposta". Samburá ora olha para a estátua, ora olha para o público. Depois de longos segundos de expectativa, volta-se para os eleitores e declara:

—Pronto. Agora já não há mais dúvida. Afinal, quem cala consente...

O VISITANTE

Quando a pureza do azul iluminava a madrugada, pássaros cantavam como elogiando o frescor orvalhado da relva. E da mata onde cada tronco ostentava um labirinto de cipós a se cruzarem por todos os lados. Logo, a grande árvore folhuda já estaria espalhando sua larga sombra...

O pescador acostumado desde o tempo de menino-sineiro, subindo correndo a escadaria da torre da igreja de Nossa Senhora da Ajuda, nas primeiras horas da manhã, mais uma vez madrugara na mataria da gameleira, de orquídeas brotando e pendendo.

O bom cheiro de café fresco e na mesa, o apetitoso bolo de fubá.

Samburá que convidara o amigo Samexuga, que por sua vez levava o vizinho Ocho Rios, chegaram cedo no churrasco da imobiliária, onde o chefe dos vendedores de terrenos, vibrava naquela manhã. Através de um amigo, haveria a possibilidade de negociar valiosa chácara com o presidente do Corinthians Paulista, Vicente Mateus.

Figura conhecida em todo o Brasil, pelos erros de português, sentenças curiosas e engraçadas que criaram em torno da sua pessoa um incrível folclore. Segundo o homem de frases antológicas, que chamava tobogan de bogotan, muitos erros e gafes cometidos eram planejados. O restante — segundo o próprio — não passava de invenção da imprensa. Mesmo o "haja o que hajar, sou sempre Curíntia, meu!"...

Apesar de estrangeiro (Vicente Mateus era espanhol), como um homem importante no mundo dos negócios paulistas, podia falhar tanto ao falar? Faria de propósito? Afinal, no erro de português estava o seu sucesso. Dele diziam que certa vez foi preciso fazer dois cheques de trinta mil reais, por que não sabia escrever sessenta. E outras pérolas: "De gole em gole a galinha enche o papo". "Quem sai na chuva é para se queimar"...

Invencionice ou não, o homem citando a toda hora que o "difícil não era fácil", iniciou a conversa, afirmando ter tido "uma infantilidade (infância) muito triste", mas que não teve consequências maiores porque "depois da tempestade finalmente veio a ambulância (bonança)". Falou sobre uma tal "anestesia geral (anistia)" que iria promover junto aos sócios do Corinthians

Paulista, que estavam com as mensalidades atrasadas. E que a partir daquela semana estava proibido o "corrimento" das mulheres ao redor do campo, pois o Cooper feminino estava atrapalhando o treino dos jogadores, no Parque São Jorge.

Entre uma garfada no arroz com farofa e uma lasca da costela, uma linguicinha calabresa na brasa e um chopinho, foi aos assuntos mais diversos:

—O pato, além de ser um animal aquático, é também gramático...

Explicando que a ave se alimentava tanto na água como na grama. Chegando a citar inclusive que esperava que os corinthianos ali concentrados naquela bela reunião em Itaquá, comparecessem em massa nas eleições que se aproximavam:

—Para naufragar (sufragar) meu nome nas urnas...

Quando no churrasco, o assunto foi para o lado do futebol (não podia ser outro), depois de explicar que "jogar pelo empate era uma faca de dois legumes (gumes)" e "comigo ou sem migo, o Corinthians será campeão", não se conteve:

—Não contratamos o Falção, mas trouxemos o Lero-Lero (referindo-se ao Biro-Biro), e quanto ao Sócrates, é invendável e imprestável...

Garantindo que, como presidente do clube jamais iria vender ou emprestar o jogador.

O pior foi quando apresentaram ao presidente do Corinthians Paulista, um oficial da Marinha, presente no churrasco da imobiliária itaquaquecetubense.

—Muito prazer "seu" almirante...

O oficial o interrompeu:

—Perdão, “seu” Mateus, sou contra-almirante.

Vicente Mateus concordou:

—Também sou. São todos uns ladrões!...

O CANDIDATO

A luz fresca do amanhecer despertava os pássaros ararinhas e almas-de-gato, que por sua vez, com seus gorgeios divinos juntando-se aos ruídos naturais, formavam música simples, repleta de beleza a acordar florestas sombrias, úmidas e silentes. Troncos vigorosos de jacarandás, jarinas, andirobas. Bosques, arbustos e relvas, ainda cobertos do orvalho noturno.

Iluminava o sítio de praias limpas, brancas, areiosas e à sombra do arvoredo, o rancho do bugre Samexuga. Dentro, apenas uma voz:

—Contra dor no peito? Ucuúba! E sucuúba com mel-de-pau para tosse...

Zefa Caiana falava sozinha respondendo como se algum fantasma sempre perguntasse algo. Remexia a drogaria de sertanejo, o bau-de-ervas, separando folhas, cascas, raizes: caferana e quina, nas febres, salsa contra reumatismo, o moruré e o manacá, contra dores em geral, paricá, urtiga branca e jutai, na secura do peito.

—A banha-de-mocura? Na erisipela. Caldo de jaramacuru, para o baço...

Pegava na jarauassica e folhas de café:

—Para regular funções...

E a milagrosa caamembeca?

—Para soltura (desinteria)...

Juntou um punhado de vegetais e colocou sobre o oratório de pau pintado de azul com frisos dourados onde o menino-Deus permanecia. A velha tinha devoção também com São Cipriano. Sem parar de resmungar:

—Tajá membeca, para isso, arnica, para aquilo...

E ia longe citando sua lista de quebra-pedra, losna, sabugueiro, malva, melão-de-são-caetano...

Talvez ao pegar na cuia, contendo sal, pimenta e limão, foi que lembrou do companheiro;

—O Samexuga não passa de um cagão. Só vira valente quando bebe. Chega a pegar na espingarda e tudo mais. Quando sara a bebedeira, volta a ser o merdão de sempre...

Também falava mal do Samburá, devido as "aprontações", as gozações que ele volta e meio fazia com o bugre. Antes bebeu uma cuia cheia de água pura:

—Seu pai era "gente graúda da cidade", mas o filho é um "duro" e "aprontador"...

Sozinha no rancho podia atacar todo mundo. O supersticioso Samexuga preso à lendas e mitos regionais, calçara a botina amarela da sorte, rezou para São Gonçalo. Pegando a lata enferrujada com minhocas, algumas bolachas mofadas e espantando urubus pousados no velho tronco quebrado, tinha partido cedo rumo a margem da lagoa. Suas palavras pareciam ainda no ar:

—Sexta-feira, com esta temperatura é dia de pegar muito peixe...

Seria, se não tivesse a infelicidade de encontrar no caminho do rio, o pescador Nário do Samburá, a falar sobre a maldita política, assunto do momento, que já estava mexendo com a cabeça oca do bugre...

—Também quero entrar na "Gaiola de Ouro" e lá cantar como um passarinho feliz, cheio da grana...

Confidenciou Samexuga. E desabafou:

—Você acha que eu estou velho para isso?

—Claro que não...

—Mas, afinal o que faz um vereador?

—Entre outras coisas, ele e seus assessores dão nomes para praças, ruas. E criam, "dias"...

—Carái! Que bicho é esse? De pena ou de couro?...

—Como vereadores da capital fizeram, ao criar os importantes para a população: "Dia do Torcedor Corinthiano" e "Dia do Bairro da Vila Nhocuné"...

No caminho encontraram o advogado e vereador local Roberto Nazareth, que passou a contar-lhes passagens do meio político da cidade:

Certa vez foi sugerido por um de seus colegas da Câmara Municipal de Itaquaquecetuba, para que fosse dado o título de cidadão itaquaquecetubense, ao jogador de futebol Sócrates do Corinthians Paulista, da capital.

Nazareth foi contra, alegando que o referido jogador nada havia feito pela região e que nem ao menos conhecia o município.

No dia seguinte o vereador cruza com um cidadão na rua.

—Doutor Nazareth não é mesmo justo que se dê o título ao Sócrates...

—Está vendo! — Acrescentou o edil virando-se a um amigo que o acompanhava. — O povo sabe o que diz...

—Na verdade... — completou o cidadão que o interpelou na rua — quem merece é o Biro-Biro, que no momento está jogando muito mais...

Além das passagens políticas Nazareth ensinou para Samburá e Samexuga, vários truques para o encontro eleitor-político. E citou o estratagema que usava para se prevenir contra aqueles que pediam dinheiro emprestado e nunca mais pagavam.

No bolso direito da calça carregava pouco dinheiro e graúdo, no esquerdo as notas menores, já a espera de "mordedores". Um dia encontra no bairro do Pinheirinho, um desses correligionários que não perde oportunidade toda vez que cruza com político. Eleito ou candidato.

—Doutor Nazareth, o senhor podia me emprestar 50 reais. Eu, minha mulher e meus filhos...(vinha a ladainha de sempre) votamos no senhor todas as vezes!...

Nazareth meteu a mão no bolso (esquerdo é claro) e tirou de dentro duas notas de 10 reais.

—Toma, leva 20 que é tudo que eu tenho.

—Eu passo ainda esta semana no seu escritório e pago.

Declarou enfaticamente o homem que pediu.

Meses depois o Roberto Nazareth andava pelo centro da cidade e deu de cara com o devedor. Pensou: boa oportunidade para eu cobrar aqueles 20 reais.

Não teve tempo. Isto é, o eleitor "mordedor" foi mais rápido, adiantou o expediente:

—Doutor, que tal o senhor pagar agora aqueles 30 reais restantes, que me prometeu?...

Em seguida Roberto Nazareth resolveu testar o candidato Samexuga que acompanhava Samburá:

—Quem é o filho do seu pai, que não é seu irmão?

Indaga. O bugre pensa, pensa e desiste:

—Não sei!...

—Viu, você não está preparado..

Em seguida Roberto Nazareth chama o pescador Samburá e repete a pergunta:

—Quem é o filho do seu pai, que não é seu irmão?...

O pescador todo sorridente responde:

—Sou eu!...

O bugre despede-se desolado, vai em busca de outro amigo e resolve fazer o teste. Chama o Ocho Rios para responder a mesma pergunta:

—Quem é o filho do seu pai, que não é seu irmão?...

O espanhol após muito pensar responde:

—Não sei...

—Você é muito burro! Não serve nem para ser meu assessor.

Retrucou furioso o bugre.

Ocho Rios sai desolado e inconformado por não ter conseguido responder a questão. Até que teve uma idéia. Resolveu fazer a mesma pergunta ao chefe do partido político. Indagando ansiosamente:

—Presidente, me responde uma dúvida. Quem é o filho do seu pai, que não é seu irmão?...

E o presidente todo seguro garante:

—Ora, eu mesmo, claro...

O espanhol volta todo contente e fala com ênfase para o bugre:

—Samexuga, já tenho a resposta para sua dúvida. O filho do seu pai, que não é seu irmão, é o presidente do partido.

O bugre num ataque de fúria rebate:

—E eles ainda me enganaram dizendo que "o filho do seu pai, que não é seu irmão" era o Samburá...

O BARBEIRO

Havia ainda um pouco de claridade mostrando os frutos das jaboticabeiras do quintal de moitas altas e vasto gramado. Da janela avistavam-se matas ainda majestosas e os campos dos arredores. Cambarás, aroeiras, oitis, fruteiras-de-pombo, atraindo saíras, sanhaços e tangarás-dançarinos. Mal cessara a chuva fria, formavam-se novas nuvens negras anunciando tempestade.

O salão começava a encher de fregueses enquanto o mestre das tesouras e principalmente das mentiras, a todo vapor procurava entrar em forma logo cedo apesar do frio. Aquecia o pente e a língua.

—O senhor já esteve aqui antes? Acho que não é a primeira vez que lhe faço a barba.

—É a primeira vez sim. Esta cicatriz é de um acidente de automóvel...—Respondeu seco o forasteiro...

Surgia também a freguesia boa de mentira, mais para provocar o dono do salão. Gente batendo o queixo de frio e que já havia entornado vodca, cachaça, conhaque e vinho. Só um deles fingia ser friozinho sem muita importância: Nário do Samburá. Mentiroso emérito e provocador. Antes, bajulou colocando a mão no ombro do proprietário:

—Salve, mestre! Isto não é um barbeiro comum! É um artista! Um escultor de cabeças...

Ato contínuo entrou no assunto.

—Vocês não conhecem frio. Em Biritiba-Mirim, é que faz. Meu pai tinha umas terrinhas lá nos cafundós do Judas e um dia eu fui tomar conta de uns camaradas que estavam capinando a roça. Peguei uma cuia com água e a dependurei num galho de árvore...

O dono do salão, "seu" Zé Barbeiro, passou a olhar desconfiado o pescador e tocador de tuba, que pelo jeito de entrar, pretendia ganhar dele naquele dia. O jogo prometia ser pesado e o Samburá prosseguia:

—Fiquei observando os camaradas capinando e, mais tarde, quando deu sede, fui tomar um gole da água ali armazenada. Chegando perto, qual não foi o meu espanto?

—Qual?...—Perguntou o ingênuo Olibório. Tendo Samburá satisfeito a curiosidade:

—O líquido havia sido congelado e os cupins tinham comido toda a cuia. Ficou só meia bola de gelo pendurada no galho do arvoredo!...

O barbeiro pigarreou em seco. Jubilado como mentiroso, aquele cara não podia deixá-lo para trás, diante da frequesia, impunemente. Mas não teve tempo. Parecia combinação. Outro que estava quieto ouvindo tudo em silêncio, o que era raro acontecer, resolveu se manifestar. Pegou a bola e dificilmente passaria: o "Essascoisas":

—Biritiba-Mirim é frio mesmo, mas aqui em Itaquá realmente é muito mais.

—Mais do que eu contei? Duvido!...

Admirou-se Samburá que pretendia ser o campeão da manhã.

—É...

Voltou calmamente o "Essascoisas". E o barbeiro que tudo ouvia, louco para acabar com a rodada de inverdades que estavam formando na sua barba, dentro do salão do maior mentiroso da região. "Essascoisas" deu prosseguimento:

—E antigamente era ainda muito mais frio ainda. Certa vez eu estive fazendo umas vendas pelo bairro do Pium, enxadas, pás, essas coisas, quando chegou um frio tão violento e de repente, que não pude mais caminhar. Travei. Sorte que era em frente ao sítio de uma comadre. E ali fiquei para dormir. Que arrumou uma cama ajeitada com uns seis cobertores e essas coisas...

—E dai?...

Entrou de sola na conversa o barbeiro que não aguentava mais de ansiedade para ver até onde aqueles dois pretendiam chegar. Mentir mais do que ele, jamais permitiria na sua casa...

—Dai, eu falei para a comadre que me arrumasse uma lamparina porque antes de dormir eu tenho o hábito de ler. Ela não tinha lamparina, trouxe uma vela, e eu fiquei lendo até que o sono chegou. Deixei o livro de lado e soprei a vela pretendendo dormir, essas coisas, o sono dos justos, na total escuridão, já que bem agasalhado eu estava. Ela não apagou. Soprei de novo e nada. Não apagava de jeito nenhum. Aí, quando eu levei a mão para apagá-la entre os dedos, descobri que a chama da vela estava congelada...

Zé Barbeiro sábio em lorota, muito versado na arte de mentir, pigarreou e olhou feio para os dois, disposto a expulsá-los do salão. E a sorte foi que um terceiro freguês resolveu mudar o rumo da prosa, a fim de eliminar o clima tenso criado. Puxou logo assunto sobre vinho com um amigo, dizendo ter ouvido falar que na Europa, nas adegas particulares dos grandes castelos, colocava-se o vinho no copo, conversava-se sobre as qualidades do precioso líquido e só depois é que bebiam...

—Tudo a luz de vela, para não despertar o vinho...

Ao ouvir a palavra vela duas vezes naquela fria manhã itaquaquecetubense, o cérebro do barbeiro de rosto avermelhado, cientista de petas e patranhas, iluminou-se. Deu um salto. Estava ali a oportunidade de salvar a sua honra de mentiroso profissional. Afinal bebida era dos seus assuntos favoritos:

—É verdade sim senhor!...

Confirmou o Zé Barbeiro.

—E era devido ao fato, que meu pai, o velho Piacentini, só tomava vinho com alpargatas nos pés...

Completando:

—Só por isso, e não pela pobreza em que vivia...

O COBRADOR

A eterna repetição: o cair da tarde nas barrancas do rio Tietê, mais uma vez. Um uivar de cão ao longe, o jaó piando pouco, os inhambus quase parando de cantar, com a claridade indo embora e a sombra cobrindo toda a mata silenciosa de sangras-dágua, grãos-de-galo e pimentas-de-macaco.

O tocador de tuba quase não mais chegava de madrugada, vindo de festas, serestas e serenatas ou simplesmente perdia horas em conversas de botequim.

—Se não sei, aprendo! Nenhum dos que ai estão, nasceram vereadores...

Comentava o pescador Samburá para os amigos Ocho Rios e Samexuga, sentados e bem comportados na Câmara de Vereadores. Estavam ali para observar o comportamento dos edis. Mas não apreciar o que faziam de bom para a população e sim, aprender como entrar no que chamavam de "Gaiola de Ouro".

Chegaram precisamente no dia em que um deles, todo engravatado, dormia a sono solto em hora de expediente...

Enquanto um vereador fazia inflamado discurso de críticas ao prefeito, o outro roncava em plenário. Para ver a reação do colega que notabilizou-se por dormir demais, um terceiro sabendo do estrago que iria provocar, acordou-o dizendo:

—Reaja, colega, reaja! Aquele ali na tribuna, está afirmando que em Itaquá só tem vereadores dorminhocos e preguiçosos...

Assustado, o que dormia pegou o microfone e, dirigindo-se ao que falava, respondeu furioso:

—Preguiçoso e dorminhoco é Vossa Excelência...

O plenário explodiu numa só gargalhada.

O município de Itaquaquecetuba, sempre foi roteiro de políticos da capital, ávidos de votos. A rota, quase sempre a mesma, Vale do Tietê: Itaquaquecetuba, Poá, Suzano, Mogi das Cruzes, depois rumam à Guararema e por aí a fora a comitiva vai penetrando pelo Vale do Paraíba.

Numa das paradas em Itaquaquecetuba, um deputado tomou umas e outras a mais do que devia e acabou prometendo muito mais do que podia. Presente estava um vereador local, o Osvaldo Nascimento. Crioulão honesto, posudo e muito falante, voz de barítono, que não deixava a peteca cair nem a vaca deitar. Muito menos esticava para o dia seguinte, aquilo que ele poderia resolver na hora.

Tomando todas do alambique no alegre domingo festivo itaquaquecetubense, o deputado estava de pé redondo quando caiu na asneira de prometer uma verba não se sabe das quantas, aliás nem ele sabia, tal o estado etílico em que se encontrava, ao vereador que o marcava em cima.

Para que o homem se comprometeu...

Na segunda-feira, quinze para as sete da manhã, feito operário padrão lendo "A Gazeta Esportiva" a espera do portão abrir, lá estava o compenetrado edil suburbano em busca da tal verba prometida.

No que foi atendido, entrou de sola o madrugador:

—O doutor está? Diz para ele que é o representante de Itaquaquecetuba!...

Crioula com crioulo se defrontaram.

A empregada doméstica usando do mesmo tom, foi fundo no inoportuno visitante.

—Deputado não foi feito para levantar a essa hora, está sabendo? Pode pegar seu caminho da roça. Telefona ou passa mais tarde, que eu vou ver se ainda hoje alguém pode lhe atender...

O vereador Oswaldo Nascimento engoliu a bronca mas não perdeu a calma. Estudara bem o terreno antes de tocar a campainha. Havia um só portão, o homem procurado estava e tinha que sair por ali. Significava ter paciência, afinal a política não era a arte de engolir sapos?

Tarimbado, conhecia a escrita. Do ramo, sabia bem de promessas...

Tirou o paletó, dobrou cuidadosamente e sentou em cima, na pedra da entrada no meio do portão de ferro da mansão. De sapato branco e cabeça idem, calça azul marinho, camisa vermelha, óculos de lentes verdes contra o sol e a pele negra brilhando pelo calor da manhã, o homem parecia uma estátua derretendo. Um Buda caboclo, em frente da casa, onde passou várias horas.

Insistente queria levar de qualquer maneira a verba, para seu município. Custasse o que custasse. Ganharia o presente para sua cidade e pontos junto aos colegas de bancadas e correligionários...

Com o sol a pino na moleira, abandonou por instante o posto de vigia em busca de um bar, onde tomou aquela talagada "da que matou o guarda", comprou enorme sanduiche e voltou rapidamente.

Pôs-se a comer sossegadamente no mesmo local da espera.

Dentro da casa, já avisado com jeito, do ocorrido, o deputado olhou de longe pela fresta da janela, gelou e quase teve enfarto. Desesperado pela cena pensou até em chamar a polícia. O pior é que não lembrava de nada, tal a bebedeira da véspera. Muito menos o que era Taquacateçuba conforme explicara a estabanada empregada gaguejando e penando para soletrar. No afã de expôr o local, do qual o visitante madrugador era representante. Seria algum asilo com nome indígena? Sem solução, o deputado via telefone alegou doença, cancelou seus compromissos daquele dia, não saindo de casa, diante da insistência do cobrador implacável e do que poderia a vizinhança comentar...

Isso significava o pior para o político desesperado. E perfeitamente compreensível.

Na época havia uma empresa denominada Organização Coringa, especializada em cobranças com método parecido. Quem não pagava a conta, a firma destacava um crioulão berrantemente vestido de coringa, que sentava na porta do devedor até que ele mudasse de atitude. Pagando, obviamente. E a vestimenta "discreta" não era brincadeira: calça com perna verde e outra vermelha, camisa roxa com bolas amarelas, sapatos brancos e barrete azul-turqueza cheio de guisos, atolado na cabeça até as orelhas, que devido ao peso ficavam de abano!...

O negrão da Organização Coringa, escolhido pela resistência, levava farnel para ficar o dia inteiro, se o mau pagador aguentasse. O que raramente acontecia. A ordem da empresa de cobrança era não abandonar o posto, ganhar na canseira. Voltando se preciso fosse, no dia seguinte e no outro. Assim sucessivamente, até que a vítima acossada e desesperada de vergonha do falatório dos vizinhos, corresse saldar o débito...

O PROCESSO

O calor era tremendo fora e dentro do tribunal.

Em audiência trabalhista, discutia-se a despedida imotivada: o reclamado, proprietário do posto de venda de combustíveis, declarava que o reclamante, frentista, insistia em fumar enquanto eram descarregados inflamáveis, descobedecendo normas de segurança, ordens do patrão e ignorando o perigo de incêndio ou explosão.

Depois de muito insistir, o reclamado decidiu demití-lo por justa causa. O frentista, com olhar de malandro, concordou que, vez por outra, pitava um cigarrinho, mas longe dos tanques de combustível.

O juiz chama a única testemunha, arrolada pelo reclamado: o bugre Samexuga. Simples e ingênuo sitiante, um faz-tudo que nem mais plantava, biscateiro atrás de qualquer ganho diário. Pálido diante do juiz, olhar assustado, suor nervoso molhando a testa queimada de sol.

Inicia-se a inquirição, com a testemunha já aparentando mais calma, parando de torcer as mãos e de passá-las pela testa molhada

—O senhor trabalhou no posto com ele?

A primeira pergunta do magistrado, indicando o reclamante.

—Sim senhor. Alguns dias eu ficava por ali proseando...— Respondeu timidamente o bugre.

—O senhor o viu alguma vez fumando perto do caminhão-tanque, quando descarregavam gasolina ou álcool.

—Vi, sim senhor.

O juiz dita as respostas à secretária e retoma as perguntas: —E o senhor sabe se o patrão alguma vez o admoestou?

A testemunha engole seco. Torce as mãos. A palidez volta, e com ela o suor na testa. Silêncio na sala.

Pacientemente o juiz insiste:

—O senhor viu ou ficou sabendo se o seu colega foi admoestado pelo patrão?

—Carái, doutor juiz, o senhor desculpe. Eu sei que o colega é solteiro, que o patrão largou da mulher e que eles foram pescar juntos duas vezes, sozinhos. Agora, se o patrão fez com ele isso que o senhor falou, eu não sei e nem quero saber. É problema deles...

Nos limites que a austeridade do ambiente exigia, o riso foi geral.

O MESTRE

Nada mais de chuva forte batendo nos troncos, escorrendo pela grama, enchendo o Tietê e as lagoas.

O galo cantou anunciando o magnífico dia. A mata trançada e trabalhada como renda fina, delicada e a extensa barranca do Tietê, gozavam a frescura e o encanto da manhã quieta e doce. O ipê-amarelo e a pata-de-vaca florecendo exibiam suas belezas. O jacarandá-mimoso com seus cachos de flores roxas, caindo sobre biris e lírios, disputava com a sibipuruna de flores amarelas.

No rancho estilo sala-quarto-cozinha, a esteira jogada no chão e a panela fervia à espera de algo. O homem ilhado no meio da água, saudoso da estação seca, encorujado e com cara de gavião malvado sentou-se no banco. Imóvel, marmorizado. Olhou a companheira ainda usando colar de contas de vidro, no pescoço envelhecido, tendo uma rosa presa no cabelo totalmente branco, suspirou. Com a cabeça cheia de lembranças pegou uma orquídea seca e largou. Foi na caneca, e ao invés da cachaça, tomou um gole de chá de vassourinha e falou baixo, para si mesmo:

—Alegam que sou velho! Mas vou cumprir minha promessa de ser eleito, ainda que tenha de largar a alma no campo de batalha... E o culpado é a súcia réles que não acredita em mim. Aquilo é uma canalha safada! Leva de amaldiçoados...

O bugre Samexuga tinha sido mais um, atingido pela febre daqueles que pretendiam ingressar na Câmara Municipal de Vereadores de Itaquaquecetuba. Que eles chamavam de "Gaiola de Ouro".

Pedindo a opinião de Samburá, este foi franco, jogando ainda mais o amigo no fogo da ambição:

—Se você sabe assinar seu nome, é o bastante. Pode ser candidato, por que não?...

E indicou-lhe que procurasse o cidadão da vizinha cidade de Poá, um tal de Agenor Pereira, mineiro de Teófilo Otoni, também conhecido como "O Macaco Tá Certo". Figura muito popular que surpreendendo a população, havia sido eleito vereador. Com expressiva votação, distribuindo bananas junto com seus pobres panfletos de candidato sem dinheiro.

Este sim, um mestre em como ser eleito e doutor em política, que poderia lhe dar mais detalhes de como sair vitorioso numa eleição.

Não havia problema no Brasil, que o vereador não arranjasse fáceis saídas. Seu **slogan**: "Ruim por ruim, vote em mim", teve que ser mudado ao incomodar os políticos. Depois de ser chamado de "macaco" numa briga de trânsito, ele adotou o apelido e foi eleito.

Quando John Lennon foi assassinado, o homem apresentou oficialmente aos seus companheiros de Câmara Municipal a seguinte proposta: ao início de cada sessão legislativa, deveria ser executada uma canção do ex-beatle, como inspiração para que houvesse paz entre os vereadores de Poá...

A proposta foi rejeitada, mas ele não desanimou. Algum tempo depois, o homem que se elegeu com o estranho apelido de "O Macaco Está Certo", propôs que fosse instituido na cidade, o dia e o título de "Mãe Leiteira" a fim de homenagear as mães que amamentassem seus filhos nos seios. Elas seriam presenteadas com flores e um certificado se comparecessem à Câmara com seus bebês para a devida comprovação. Ou seja, dar de mamar na frente dos vereadores...

Em estilo polêmico e extravagante, misturando ingenuidade e simplicidade com gozações, Agenor levou para as concorridas sessões do legislativo ou para os plenários dos congressos de vereadores, dos quais era assíduo frequentador, os resultados de suas experiências e as mais exdrúxulas propostas. A cada dia surpreendendo ainda mais a população que o elegeu, fazendo da Câmara poaense uma tribuna da irreverência...

E foi assim, por exemplo, que ele surpreendeu os participantes de um congresso em Belo Horizonte ao propor a substituição do ensino da língua inglesa nas escolas brasileiras por aulas de Direito Constituicional e Direito Civil. Justificativa: o Brasil estaria sofrendo "um prejuizo de 400 anos de cultura, se somados "percaptamente" o tempo de 45 minutos diários gastos com cada aluno nas aulas de inglês. Uma cultura inútil, pois o brasileiro tem de aprender falar é a sua língua pátria"...

Agenor Pereira ou "O Macaco Está Certo", nunca se conformou com o fato da sua "proposta nacionalista" não haver sido adotada por algum deputado ou senador e ser encaminhada ao Congresso Nacional. Em compensação, a Câmara de Poá, da qual ele fazia parte, acabou por aprovar um projeto de sua autoria proibindo e execução de músicas estrangeiras em solenidades ou espetáculos promovidos pela prefeitura ou pelo próprio legislativo.

Mas, e se a prefeitura de Poá contratasse Frank Sinatra para um show na cidade? O vereador Antenor Pereira e o projeto previam isso: ele teria que apresentar no mínimo três musicas brasileiras a cada um de seus imortais sucessos...

Ninguém segurava o homem, que ia sempre mais além do imaginável. Propôs às Forças Armadas a "criação de batalhões agrícolas, para o plantio de gêneros alimentícios de primeira necessidade". E chegou a enviar ao Papa João Paulo II, um documento pedindo o que ele chamava de "desburocratização", do casamento e batizado na Igreja Católica.

—O brasileiro é um católico genético, isto é, já nasce católico! —Afirmou na tribuna. —E por isso, a igreja entra numa área que não lhe diz respeito!...

Voltou a escrever ao Papa, com papel timbrado da Câmara de Vereadores de Poá, que nunca lhe respondeu...

Descendente de negros, Agenor Pereira pretendia que a nação brasileira pagasse uma dívida que possuia com a sua raça. Como os escravos foram obrigados a vir para o Brasil e nada receberam em troca do trabalho, o vereador de Poá propôs também, que os primeiros lotes da reforma agrária fossem ditribuidos entre os descendentes de escravos.

O homem ágil no pensamente e na ação, trabalhava de Poá para o mundo. Com a mesma intimidade que tinha com o Papa, em Roma, encaminhou uma monção ao governo de Minas Gerais, propondo eliminar a fome nos vales do Jequitinhonha, São Mateus e Mucuri. Como forma de resolver o problema da fome naquelas localidades. De que maneira? Sendo oferecido um casal de coelhos para cada uma das famílias carentes...

—Como coelho não tem Aids e aumenta com muita facilidade a sua prole, seria mais fácil para as famílias produzir carne em abundância para o consumo próprio e vender peles ao exterior, conseguindo divisas para o Brasil...

Tentava convencer o vereador poaense Antenor Pereira, com seus métodos ingênuos e simplistas. Cansado de atuar na área nacional, invadiu novamente a internacional. E sua mais famosa proposta, foi encaminhar a uma sociedade inglesa de defesa da ecologia (com timbre da Câmara dos Vereadores de Poá, como havia feito com o Papa), um pedido para que fosse estudada a possibilidade de alimentar as crianças da Etiópia, com leite de baleia...

—Com isso — explicava entusiasmado na tribuna o vereador — nós preservaríamos as baleias e formaríamos uma bacia leiteira marítima no oceano, que é o maior pasto do mundo...

Perguntado por um de seus pares, como ordenhar as baleias, respondeu de pronto — com algo que nada tinha a ver com o assunto — não seria difícil para quem conseguiu transmitir ondas através de satélites...

Após a explanação do pescador Nário do Samburá, sobre as qualidades e a vitória do vereador eleito, que sem dinheiro, se tornou íntimo de governadores, cientistas e até do Papa, não demorou nada para o bugre Samexuga ir consultar o guru poaense.

Antes, como de costume, levou uma gozação do amigo Samburá:

—Estavam dois sapos voando, aí um comentou...

—Carái! Sapo que eu saiba, não voa. Um não avisou o outro?

—Avisou! Alertou e caiu. Mas o outro continuou porque era surdo...

O DESASTRADO

O chão atapetado com as flores das laranjeiras, no sítio a beira do rio Tietê, como colorido manto encobrindo até a velha canoa feita de um só tronco escavada a fogo, atraia aves em profusão.

Antes do acasalamento, os machos reuniam-se em grupos, na parte da manhã e exibiam seu chamativo papo de cor vermelha, arrepiando as penas enquanto emitiam sons semelhantes a mugidos. Os belos pavós, também conhecidos como pavõezinhos-do-mato, ainda sobreviviam, mas a espécie já estava sendo ameaçada pela destruição do seu ambiente (derrubada das árvores) e pela caça, ocasionando sua extinção.

Habitando capoeiras, orlas das matas de pausdalho, plantações, faziam companhia, pássaros de várias espécies atrás de frutos e insetos. Tiês-sangue, pombarolas, tisius, coleirinhas, beija-flores. Bandos de rolinhas caldo-de-feijão, devido a sua cor marrom-sujo com manchinhas arroxeadas, alguns sebinhos, com o peito amarelo e bico curto, que muitos pensam tratar-se de filhote do bem-te-vi e nem parentes são. Tico-ticos, tão parecido com o pardais, sendo dificil a primeira vista distinguir um do outro.

E encerrava com o solitário sabiá-laranjeira. Amarronzado tipo ferrugem e que na época de ter filhotes, as penas das fêmeas ficavam cor de laranja bem forte. Dai o nome do pássaro...

No rancho apoiado por mamoeiros, parede de taipa, teto telha vã de barro vermelho, em que o homem na rede fiada e tecida com capricho, dormia a larga sesta, a umidade punha grandes manchas borolentas e acinzentadas. Traças, teias de aranhas e picumãs por cima do candeeiro e vasos de barro, completavam o quadro de abandono.

Da cozinha partia um cheiro característico de cozimento de ervas. Infusão de chá de qualquer coisa, só que enjoativo pois vinha misturado com peixe moqueado, canja ou galinhada com ervas. E ao fundo, em alpendre feito de sapé e embira, caindo aos pedaços, uma voz puxava desanimada ladainha. Citando muito São Luiz Gonzaga...

Um ruído pouco mais alto acordou o homem que levantou com sede e secura na boca resultante da má qualidade e muita quantidade da pinga. Foi até a cozinha vasculhou o jirau que substituia o guarda-comida, apoiou-se na mesa pendendo quanto ele, derrubando o lavatório de ferro com tres pés e bacia lascada. Não achando o que queria, chiou, chutando o tacho de cobre jogando-o por cima do canto atulhado de abóboras e melancias, explodindo:

—Não tem água na moringa, mulher!...

Acendeu o cachimbo encostando o tição no tabaco, nem olhando para aqueles que rezavam junto ao oratório enfeitado com velas de cera colorida. Viu apenas de relance algumas crianças. O negrinho Bidito fumando cigarro de talo de xuxuzeiro seco e atirando carrapicho no cabelo do loirinho Sabugo, abraçado na cestinha de coquinhos vermelhos e pitangas. O bugre lembrou-se do diálogo de seu tempo de infância, quando foi pego roubando uva.

—Seu ordinário! — Berrou o dono e Samexuga jurou que caçava capivara.

—Capivara anda em roça, come milho, seu imbecil! E esse saco com uvas, de quem é?

—Com certeza é da capivara...

O bugre escutou vozerio mais alto, obrigando a esquecer seu pensamento e novamente desabafou com a boca seca e amarga:

—Põe cabresto na língua, bruaca velha! Nem rezando deixa de falar da vida dos outros! — E diminuindo o tom prosseguiu. —Mulher tem que ser como lençol: da cama para o tanque e do tanque para cama! Feito vaca, só serve para aumentar o rebanho...

Surgiu um pequeno vulto na penumbra do canto onde o homem resmungando entrara usando o melhor dispositivo para achar móveis no escuro: a canela. Veio a procura de água no pote. O estabanado bugre tenta erguê-lo nos braços pensando ser criança. Era um anão. Decepcionado e sem jeito, com raiva até, quase joga o baixinho no chão. Acendeu uma palha de milho e com ela o candeeiro de querosene, a fim de obter melhor visão.

Pior acontecera na véspera, e era a razão de todo o azedume e mau-humor do desastrado Samexuga. Não, quando o pescador Samburá bateu o isqueiro puxando fumaça e conversa, na enrolação e desfecho da "pegada" que ele já estava se acostumando:

—No cricrilar dos grilos sob o canto tristonho do galo distante, com o cheiro fresco do capim molhado e abaixo do céu negro onde uma ou outra estrela piscava, estavam dois mercados voando, aí um disse...

—Espera ai, carái! Mercado não voa... — Respondeu triste o bugre, como corvo pousado em galho seco.

—Por isso mesmo! Um caiu no chão, mas o outro continuou voando. Era um supermercado...

Preocupava-se mesmo era com o fora que deu, quando iniciou sua campanha política na praça padre João Álvares. Na hora em que o sol do meio-dia assoprava brasas. Elegantemente vestindo roupa de brim pardo, modelito **made in** estilista Zefa Caiana, tomou uns tragos a mais da pinga-de-cabeça, mascou a folha da pitangueira para aliviar o bafo enquanto o público esperava para ouvir sua palavra.

—E o que eu falo para esse povo de merda?...

—Acho bom, você começar por pedir desculpas Samexuga — preveniu o locutor — pois o microfone já está ligado.

O NORDESTINO

Plantas rastejantes e pendentes, flores e folhagens resplandecentes ainda se mostravam abundantes, pelo menos naquelas bandas de Itaquaquecetuba. Lagartos abandonavam as ramagens já se preparando para o aquecimento ao sol e cobras enroscando-se pelos galhos mais altos dos arvoredos, ficavam a espreita de vítimas.

Nário do Samburá conhecia todas as chácaras e sítios da localidade. Invadia porteiras como em terra própria. Sempre falante e risonho.

—Eu não minto. É que as vezes quando estou falando, a verdade acaba, e eu continuo...

Justificava-se Samburá, cuja situação era de latir no jardim para economizar cachorro, ao ouvir um comentário de que o comerciante nordestino, dos primeiros que chegavam na Capela, havia chamado o pescador de mentiroso.

—Esse cangaceiro que de caipira não tem nada, não sabe a diferenciar a teta de uma vaca de um pé de couve, sim, além de mentiroso é pulha suspeito. Quem cabrito vende e cabra não tem, de algum lugar lhe vem...

O amigo bugre, o Samexuga continuava caladão como uma porta. E o espanhol Ocho Rios, nem isso, feito uma porca, roncava.

Acordou no espoucar dos foguetes e estrondos de morteiros. E o bimbalhar do sino da igreja Nossa Senhora da Ajuda, chamando os fiéis.

O alagoano "Piolho de Cobra", de quem o pescador falava, realmente não demonstrava ser flor que se cheirasse. Não era simplesmente daqueles que marcava um quilo de feijão em cada caderneta e de quem reclamava ele desmarcava. Muito pior. Sovina ao extremo vivia malhando seus funcionários, alegando que não se esforçavam. Quando não os encontrava nos lugares, dizia que o armazem estava se transformando numa colméia. Metade voava, enquanto o restante que ficava, fazia cera.

A cada fim de mês, ele colocava em uma sacola suas contas, sorteava uma e pagava. Quando aparecia no balcão um credor antigo, que nunca conseguia receber um centavo. O comerciante agia taxativamente:

—Óxenti! Se reclamar muito, não entra nem no sorteio...

Feio ao extremo e fanhoso, o comerciante nordestino ainda era cínico. Cobrado por uma mulher que prometera um emprego para seu filho, através de um deputado da capital, o alagoano não perdeu a linha:

—O senhor prometeu e não cumpriu, é homem de duas caras, é?

—Óxenti! Minha senhora, se eu tivesse duas caras a senhora acha que eu usaria esta?...

Assim como centenas de outras pessoas, "Piolho de Cobra" também fôra vítima da Febre da Eleição, muito na moda em Itaquá. E sentia-se orgulhoso de ser fotografado ao lado dos futuros eleitores. Andava acompanhado de um fotógrafo e munido de câmara Kodak antiga. Por onde caminhava abraçava as pessoas e mandava fotografar. Gastava muito mas compensava, segundo ele. E ainda filosofava.

—Ninguém rasga uma foto de si mesmo...

Cansado de promessas não cumpridas de deputados, acordos partidários rompidos, planos frustrados, traições e até ameaçado pelo fantasma da derrota, resolveu apelar para o sobrenatural. Pretendendo mudar seu comportamento.

Passou a se envolver com as divindades, os santos, quando não, era seu assessor que cuidava das coisas do além. E também por medo de perder o cargo. A fim de ganhar as eleções, "Piolho de Cobra", por entre cearenses e pernambucanos, recorria cada vez mais ao invisível mundo da magia e da macumba. Tomava banhos de ervas, andava com galhos de arruda e guiné na orelha. No pescoço, colar de feito com coquinhos, pedaços de sabugos ou pedrinhas de cristal. No bolso carregava uma infinidade de patuás, figas, olhos de cabra...

Ao descobrir um despacho com velas, galinha e pinga, em frente ao seu comitê eleitoral, à noite, reagiu rápido. Recolheu tudo e jogou em frente ao diretório de seu rival ao mesmo cargo: vereador.

O arrepedimento veio no dia seguinte: o despacho havia sido feito por um funcionário do seu comitê, que queria ajudá-lo na campanha contra o outro! E segundo o pai-de-santo que recomendara o trabalho espiritual, não tinha mais jeito de reverter a situação...

Nesse mesmo dia, nervoso, o nordestino "Piolho de Cobra" não estava bem. Entrou no seu estabelecimento comercial e deu de cara com um freguês pedindo desconto sobre o que comprara. Foi recusado.

Conversa vai conversa vem, o dono do armazem queixou-se da vida. Candidato, teria que disputar com conterrâneos de nomes pomposos que chegavam a todo instante. Os paraíbas do bairro, como o Cleonâncio, o Ursizino, o Wanderval, o Eujácio, o Helenildo, o Zenaldo, o Sanderley, o Yvonilton, o Glaycon, o Claudiney. Os irmãos baianos: Enivaldo e Eunício. E segundo ele, além de enfrentar também gente de apelidos réles (como se o dele fosse bonito) como: "Xurupita", "Psiu", "Mulher do João Bagre", "Tranqueira".

—E ainda tenho que lutar nas urnas com um merda de bugre chamado Samexuga, que também está se candidatando. Pode uma coisa dessa?...

O freguês silenciou. E o sotaque nordestino mais uma vez dominou o ambiente:

—Óxenti! E o senhor que está pedindo desconto, é quem?...

—Sou o merda do Samexuga!

Ganhou 30% de desconto.

O JULGAMENTO

O céu vibrava de azul e o sol rendilhava de ouro as palmas largas dos buritis. A passagem da brisa agitava e ondulava levemente, aveludando o capinzal. O rio Tietê transbordava de energia e na vastidão dos campos verdejantes que o cercavam, pontilhavam de branco algumas casas. No ar, poucos tizius e coleirinhas...

O caso de amor entre um cavalo sem procedência, o chamado pangaré e uma valorosa égua da raça quarto-de-milha, havia dado o que falar em Itaquaquecetuba naquela semana. Acabou na polícia. Ocho Rios acusou o cavalo de ter rompido a cerca que separava as duas propriedades e atacado sexualmente a formosa égua "Luna Blanca" de vastas crinas claras e olhos azues. O espanhol ficou ainda mais inconformado e possesso, quando constatou que o ataque do garanhão sem raça definida resultou numa prenhez indesejada.

E queria que o proprietário do cavalo rampeiro pagasse o aborto da égua. E quem era o dono? O enfezado e encrenqueiro Samexuga.

—Eu estava reservando a "Luna Blanca" para cruzar com um garanhão puro sangue...

Comentou com o amigo Samburá, o espanhol que pretendia ser indenizado também pelos gastos veterinários que teve com o animal e de outros eventuais prejuizos.

Samexuga pouco falava a respeito e também consultou o Samburá. Que agindo como juiz, apenas comentou para os vizinhos e amigos que ameaçavam brigar na Justiça:

—O animal agiu seguindo seu instinto natural, pois a égua havia entrado no cio...

Tentando explicar para os dois que o ocorrido fôra apenas um namoro. Por coincidência, de uma égua de raça e um pangaré. E não um ataque sexual como afirmava o espanhol...

Sua sentença de deixar para lá, e morrer o assunto, não agradou nem um nem outro. O bugre alegou que Samburá o ofendeu, por chamar seu cavalo de pangaré. E o espanhol, ficou magoado pelo fato do pescador negar a agressão do animal.

Por obra e graça do bugre Samexuga, que não fôra eleito vereador, teve apenas um voto (nem a companheira Zefa Caiana votou nele), e do amigo Ocho

Rios, já velhos e gagás, que vítimas das gozações do vizinho pescador e tocador de tuba, por muitos anos, resolveram se unir e preparar a vingança final. De uma vez por todas. Sem antes o espanhol acender velas, deixar flores e rezar para Pai Sumé, desculpando-se pela falsidade cometida. Decidido, comentou com o bugre:

—Comigo não tem disso! Amigo é como parente. E parente é como dente: quanto mais separado melhor. Não acumula sujeira...

—Samburá meteu-se a juiz, carái! Pois vai conhecer um de verdade...

Rematou Samexuga. O que não demorou para acontecer.

Num mau dia, Nário foi acusado do roubo de galinhas. E estava prestes a ser julgado.

O autor do furto na verdade era político influente que por brincadeira durante a noite surrupiara algumas penosas que foram devoradas numa cervejada. Devido a isso desde o primeiro momento, procurou-se um bode expiatório para acobertar o verdadeiro gatuno.

Nário Ildélio Aquilino Filho apresentou-se humilde e solícito ao gordo e encasacado juiz. Foi levado a julgamento, já temendo o resultado: condenação. Com duas testemunhas, se bem que falsas, não haveria escapatória. Fez rima na apresentação demonstrando além de pescador e tocador de tuba, também sua veia poética:

—Aqui estou de bom grado.
Sem escolta de soldado...

O esperto caipira sabia que teria pouca chance de se safar daquela. Mas iria tentar. Tudo seria feito com a finalidade de desmoralizá-lo, pois o juiz também estava combinado para levar o pobre caipira, apesar de esperto, na cadeia. Ainda mais com falsas testemunhas, pois tanto Ocho Rios como Samexuga confirmaram ter visto a cena bem de perto. Não havia dúvida quanto ao culpado...

—Em traseira de burro, dianteira de padre e cabeça de juiz, não se pode confiar...

Pensou alto o pescador arriscando-se a ser ouvido.

Foi simulado um julgamento justo, com o meretíssimo fazendo uma proposta estranha ao acusado para provar sua inocência. Exclamando seriamente, com voz de animador de velório:

—Sou de profunda religiosidade e por isso vou deixar sua sorte nas mãos de Deus. Escreverei em um pedaço de papel a palavra inocente. E em outro pedaço a palavra culpado. Você sorteará um dos papéis e aquele que sair será o veredito. Dessa forma, o senhor decidirá seu próprio destino...

Sem que o acusado percebesse, o hipócrita juiz preparou os dois papéis, mas em ambos escreveu: culpado. De maneira que a partir daquele instante não havia saída. Não existia nenhuma chance do acusado se livrar da condenação.

Samexuga e Ocho Rios sabendo do ardil previamente combinado, riram por perceber que não havia alternativa para o pobre Samburá. O juiz colocou os dois papéis em uma mesa e mandou o acusado escolher. Nário tirando do ombro e jogando no chão seu samburá, o pequeno cesto feito de cipó ou taquara, que não largava, pensou rápido. Apenas alguns segundos e, pressentindo a armadilha em que queriam metê-lo, aproximou-se confiante da mesa. Pegou um do papéis e rapidamente colocando na boca, enguliu-o...

Os presentes ao julgamento reagiram surpresos e o juiz indignado com a atitude do homem, considerando um desacato à autoridade, empalideceu e furibundo gritou:

--Mas o que você fez, seu imbecil? E agora? Como vamos saber qual o seu veredito?

--É muito fácil...

Sorriso de infernal ironia, com voz lenta, arrastada, respondeu Nário do Samburá:

--Basta olhar o outro pedaço que sobrou e saberemos que acabei engolindo o seu contrário.

Muito a contragosto do meretíssimo enfurecido, o pescador foi imediatamente libertado...

--Carái! O homem se safou dessa...

Encostando-se num lance da parede, comentou desanimado o bugre para o espanhol.

O alegre e ladino caipira passou a explicar que por mais difícil que fosse uma situação adversa, ninguém deveria deixar de acreditar numa saida até o último momento. Afirmando que para qualquer problema haveria sempre uma saída. Ninguém nunca deveria desistir, entregar os pontos. Com voz enérgica e forte exclamou:

--Persista, vá em frente!...Apesar de tudo, de todos, creia que pode conseguir...

Anunciava o vitorioso tocador de tuba, até o momento em que entrou em casa, alegre pela demonstração de esperteza demonstrada, gesticulando.

Mas a esperteza, quando é muita, fica grande e engole o dono...

A amada Tóqui, vivendo sem ser casada durante mais de trinta anos com Nário do Samburá, desgostosa de não ter tido herdeiros, não ter podido perpetuar a vida através de filhos e não resistindo, apesar de nada de casório, ser chamada de "mulher de ladrão de galinha".

No que dizia respeito ao casamento, nesse período, quantos padres que passaram por Itaquaquecetuba, tentaram resolver a situação dos dois, pedindo que se casassem? Uns dez: José Sebastião, Oscar, Jerônimo, Constâncio, Eustáquio, Constantino, Alberto, Cecílio, Tadeu, Tomás, inutilmente...

Olhos marejantes, mais que isso, duas lágrimas rolando silenciosamente pela face, Tóki deixou lacônico bilhete. Onde havia apenas uma palavra: **Saionará** (adeus). E definitivamente embarcou para o Japão...

O bugre e o espanhol ainda ouviram as palavras esperançosas do caipira, pescador e tocador de tuba, a caminho do rio e da roça, perdendo-se na estrada:

—Vou atrás! A vontade do ser humano de buscar, não tem limites...

Palmas no portão acordaram Samburá. Eram seus amigos: o bugre Samexuga e o espanhol Ocho Rios. O pescador e tocador de tuba levantou ainda assustado. Felizmente aquele julgamento não passara de um pesadelo...

—Ufa! Que alívio, escapar desse sonho ruim...

Tóki serviu canecas de café e os três amigos partiram. Para onde? Quem sabe atrás de uma festa combinada com antecedência. Talvez um jogo de futebol, uma pescaria, ou simples quermesse na praça.

E o espanhol, durante o percurso a pé, de tanto ouvir acabou aprendendo. Dirigiu-se ao Samburá:

—Por que as estrelas não fazem miau?

—?!!!

—Porque astro **no** mia...